过去的碎片

纸上的风景

琅嬛琐屑

中国古代文房趣尚

侯荣荣 著

人民文学出版社

图书在版编目(CIP)数据

琅嬛琐屑:中国古代文房趣尚/侯荣荣著.—北京:人民文学出版社,2017
ISBN 978-7-02-012365-0

Ⅰ.①琅… Ⅱ.①侯… Ⅲ.①随笔—作品集—中国—当代 Ⅳ.①I267.1

中国版本图书馆CIP数据核字(2017)第026921号

责任编辑	胡文骏
装帧设计	崔欣晔
责任印制	任 祎

出版发行	人民文学出版社
社　　址	北京市朝内大街166号
邮政编码	100705
网　　址	http://www.rw-cn.com

印　　刷	天津千鹤文化传播有限公司
经　　销	全国新华书店等

字　　数	150千字
开　　本	890毫米×1290毫米 1/32
印　　张	7.375 插页1
印　　数	1—6000
版　　次	2019年4月北京第1版
印　　次	2019年4月第1次印刷

书　　号	978-7-02-012365-0
定　　价	48.00元

如有印装质量问题,请与本社图书销售中心调换。电话:010-65233595

目录

过去的碎片 　　　　　　　　　　　　　　　　001

第一章　　草木供养

　　短短蒲耳——菖蒲　　　　　　　　　　003
　　凌波照影——水仙　　　　　　　　　　013
　　佛手与香橼　　　　　　　　　　　　　022

第二章　　文房长物

　　渐行渐远的墨盒　　　　　　　　　　　033
　　水足砚田　　　　　　　　　　　　　　040
　　铜雀台的另一种生存　　　　　　　　　051
　　从米芾到曹寅——砚山琐谈　　　　　　060
　　砚暖墨香　　　　　　　　　　　　　　071
　　莫使浮埃度——砚屏　　　　　　　　　079
　　写了错字之后　　　　　　　　　　　　088
　　甘苦满载一考篮　　　　　　　　　　　097

第三章　　燕寝凝香

　　霜清纸帐　　　　　　　　　　　　　　107
　　说迎手　　　　　　　　　　　　　　　114
　　菊枕留相思　　　　　　　　　　　　　121
　　枕上的门　　　　　　　　　　　　　　130
　　纸衣与纸被　　　　　　　　　　　　　137
　　竹夫人的名字　　　　　　　　　　　　147
　　超大白板记记记！
　　——屏风的另一种用途　　　　　　　　155

目录

第四章　闲居拾零

柳枝佛影，酒魄花魂
　　——从军持到玉壶春　　165
拍浮酒船　　174
乌龙赵飞燕　　181
倭扇·川扇·苏扇　　188
心字香　　199
眼镜与眼镜诗　　207
银蒜押帘　　221

后　记　　228

过去的碎片

琅嬛,天帝藏书所也。

琅嬛在何处?

有一部署名元代伊世珍的文言小说集《琅嬛记》,里面零锦碎篇,写了不少神鬼怪异的故事。开篇的第一个故事,主人公是在文学史上赫赫有名的张华:

> 张茂先博学强记,尝为建安从事。游于洞宫,遇一人于途,问华曰:"君读书几何?"华曰:"华之未读者,则二十年内书盖有之也,若二十年外,则华固已尽读之矣。"其人论议超然,华颇内服,相与欢甚。因共至一处,大石中忽然有门,引华入数步,则别是天地,宫室嵯峨。引入一室中,陈书满架,其人曰:"此历代史也。"又至一室,则曰:"万国志也。"每室各有奇书,惟一室屋宇颇高,封识甚严,有二犬守之。华问故,答曰:"此皆玉京紫微、金真七瑛、丹书紫字诸秘籍。"指二犬曰:"此龙也。"华历观诸室书,皆汉以前事,多所未闻者,如《三坟》《九丘》《梼杌》《春秋》亦皆在焉。华心乐之,欲赁住数十日,其人笑曰:"君痴矣。此岂可赁地耶?"即命小童送出,华问地名,对曰:"琅嬛福地也。"华甫出,门忽然自闭,华回视之,但见杂草藤萝绕石而生,石上苔藓亦合初无缝隙。抚石徘徊久之,望石下拜而去。华后著《博物志》多琅嬛中所得,帝使削去,可惜也。

这是一个美丽而又带几分惆怅的故事:一个爱读书的人,一座收罗无数奇书珍本的图书馆。像一切的此类故事一样,仙境一旦离开,便不可复归,永远消失在依依不舍的寻觅中。然而"华后著《博物志》多琅嬛中所得",这座仙境的碎片,却借诸文字而得以残存于世间。

本书所收的这组文章,正是从前岁月的一些碎片。因大多与旧时文士生活有关,故而本书以"琅嬛琐屑"为名。

《琅嬛记》的故事,后来被明代的张岱略加修改,又写了一遍,名为《琅嬛福地记》。张岱《陶庵梦忆》的最后一篇,则又是一则《琅嬛福地》。在这则小品中,到了仙境,见到"积书满架,开卷视之,多蝌蚪、鸟迹、霹雳篆文"的,成了张岱自己。而他醒来之后,便欲寻地点,建园林,筑池馆,植果木,生生造一个"琅嬛福地"出来。甚至连自己的生圹和供奉遗像的佛庵都包揽在其内,可以说是生得其趣,终得所葬,悠游其间,以终天年。

然而我们若是回头想到《陶庵梦忆》乃作于明亡之后,作者此时已是"国破家亡,无所归止。披发入山,骇骇为野人",生活上更困顿到"瓶粟屡罄,不能举火"(《陶庵梦忆序》),则可知《琅嬛福地》中种种所想,种种美好,历历如在眼前,一切都只不过是纸上的风景而已。

这种"纸上的风景"之感正是我在写作本书时常有的感受,本书所写的题材,大部分属于书斋文房清玩,少部分旁及古代生活中其他的用品。文房用具本在有文字书写时即已诞生,但在宋之前,纵然文房用品中不乏工艺精美之作,却仍然以实用功能为主。两宋文风昌盛,士大夫对文房用具的关注渐渐超越了它们的实用功能,而更重视它们所构建出的高雅的文化氛围和其中流露出的审美趣味。南宋赵希鹄的《洞天清录》成为专章论文房用具的著作,而类似的著作在明清时期则如雨后春笋般冒出头来。此类书籍不仅数量远胜前代,而且内容多有沿袭重复,使得对它们抄袭与真伪的考证成为一项有趣的工作。不过从另外一个角度来看,这些书的出现也说明了对文房清玩的玩赏，是那个时代的热门话题。

然而那样的时代早已远逝，如张岱的琅嬛福地一样仅仅生存在纸上的空间中，仅借助读者的想象而一时鲜活。本书所涉及的这些名物，除了一二植物今天依然常见之外，绝大多数都已经从我们的生活中消失，我们只能在博物馆或拍卖会场上见到它们的身影。所以写作本书的过程，仿佛是在一条充满典籍资料的河流中乘槎而上，去追溯历史。本书无意去描绘历史长河滚滚洪涛的雄姿，却更有意勾勒浪花之微、支流之细，毕竟，我们今日的"现代"及现代中的我们，都来自那些往昔。

第一章 草木供养

●短短蒲耳——菖蒲

在室内栽培植物的种类选择上,古人和现代人的喜好有着很大差异。古人喜欢的案头植物,多为可闻香赏色的花卉类植物。如春天的盆兰,秋天的盆菊,冬天的水仙、梅桩。就连花形较大,本应在荡漾碧波中接天莲叶无穷碧的荷花,古代的爱莲者也凭一番痴心培育出袖珍版的碗莲,于是只需一口瓷缸,甚至一只海碗,再配上几尾红鱼,就能在室内的几上案头,欣赏到一爿缩微的江南。

而现代人的居室内,各种纯赏叶的绿色植物在室内栽培中大行其道。或许是我们这个充斥着灰白水泥玻璃金属幕墙的世界是如此的匮乏绿色,或许是来自植物的纯净绿色最能平静被都市疲惫的心灵。古人可能很难理解,为什么现代人偏好那些生命力旺盛、不用细心照拂的藤蔓类植物,为什么会有人在玻璃杯中种一点本应属于田野的豆苗和麦子……

不过,古人也有喜好的观绿植物,那就是菖蒲。

菖蒲原本是生于水边的植物,长叶青青,有些品种开大朵的花。花瓣薄而皱,形似鸢尾,有粉红、白或蓝紫诸色。这水际的美丽花朵,怒放而单薄,常让诗人联想起一生一世的爱情。所以席慕蓉说:

> 我曾经多么希望能够遇见你
> 但是不可以
> 在那样荒凉寂静的沙洲上
> 当天色转晴　风转冷　当我们
> 所有的思维与动作都逐渐迟钝

那将是怎样的一种黄昏

而此刻菖蒲花还正随意绽放

这里那里到处丛生不已

悍然向周遭的世界

展示她的激情　她那小小的心

从纯白到蓝紫

仿佛在说着我一生向往的故事

请让花的灵魂死在离枝之前

让我　暂时逗留在

时光从爱怜转换到暴虐之间

这样的转换差别极微极细

也因此而极其锋利

尤其是　我曾经

——《菖蒲花》

　　菖蒲花所象征的爱情，同样在古人的诗歌里反复回响，但往往表现得更为质朴：

　　共君结新婚，岁寒心未卜。相与游春园，各随情所逐。君念菖蒲花，妾感苦寒竹。菖花多艳姿，寒竹有贞叶。此时妾比君，君心不如妾。
　　——唐·乔知之《杂曲歌辞·定情篇》

　　又：

　　妾家住横塘，红纱满桂香。青云教绾头上髻，明月与作耳边珰。

莲风起,江畔春。大堤上,留北人。郎食鲤鱼尾,妾食猩猩唇。莫指襄阳道,绿浦归帆少。今日菖蒲花,明朝枫树老。

——唐·李贺《大堤曲》

无论是乔知之代言体中新婚的女性那种不协调的深重危机感,还是李贺笔下趁得青春恣意欢的狂肆,诗中的菖蒲花,都象征着那些女子短暂然而怒放的美丽。

不过,菖蒲由野生植物而得到青睐,登堂入室成为人们室内案头的

《六十一代衍圣公式室江夫人衣冠像》和《六十四代衍圣公元配严夫人像》(山东曲阜孔府旧藏),她们身边都放着大盆的菖蒲,菖蒲和兰草一样是室内陈设的重要成员。

栽培植物，却不是因为它有着美丽的花朵，而是因为它象征着人类最永恒的愿望——长生。

也许是因菖蒲充满生机的绿叶，引发了古人对生命永恒的联想，在许多道家的典籍里，都提到服食菖蒲的神异功效。如《抱朴子内篇·仙药》："韩终服菖蒲十三年，身生毛，日视书万言，皆诵之，冬袒不寒。又菖蒲须生石上，一寸九节以上，紫花者尤善焉。"

于是，和茯苓、松脂一样，菖蒲成为求仙者服食的良药，而相比起后二者在高山深谷中的难寻，采掇菖蒲明显要容易许多。醉心求道的诗仙李白，笔端就一再提到在嵩山采撷菖蒲这项修仙活动：

我有万古宅，嵩阳玉女峰。长留一片月，挂在东溪松。尔去掇仙草，菖蒲花紫茸。岁晚或相访，青天骑白龙。

——《送杨山人归嵩山》

神仙多古貌，双耳下垂肩。嵩岳逢汉武，疑是九疑仙。我来采菖蒲，服食可延年。言终忽不见，灭影入云烟。喻帝竟莫悟，终归茂陵田。

——《嵩山采菖蒲者》

在唐代，嵩山似乎是菖蒲的密集产地，因为同是盛唐诗人的王昌龄笔下也出现嵩山的采菖蒲者：

仙人骑白鹿，发短耳何长。时余采菖蒲，忽见嵩之阳。稽首求丹经，乃出怀中方。披读了不悟，归来问嵇康。嗟余无道骨，发我入太行。

——《就道士问周易参同契》

在这首诗歌中，现实中的访道求经被幻化成了一场神仙故事，而求道者与仙人的相逢，就被放置于采撷菖蒲的背景之中。

不仅可以自己服用，菖蒲还可作同道（求仙之道）中人的馈赠手信，比如中唐的张籍就给他的友人寄过：

> 石上生菖蒲，一寸十二节。仙人劝我食，令我头青面如雪。逢人寄君一绛囊，书中不得传此方。君能来作栖霞侣，与君同入丹玄乡。
>
> ——《寄菖蒲》

绛囊中所盛的菖蒲，是召唤友人同来修道的一个符号。

直到清代，虽然菖蒲已不再是长生秘丹，但仍然被视为一味良药。在菖蒲的相关记载里，神仙的身影挥之不去，甚至连采摘的日期都有神秘的讲究。清代范端昂《粤中纪闻》云："菖蒲多生石涧中，以小者为贵。有一寸十二节者，以甲子日采取阴干，至百日为末，每日服三四箸，益智、

明·丁云鹏《玩蒲图》（局部）

聪耳、明目。罗浮东涧石上所产，质甚坚，气味清芳，更良。服食乃益人。"

正因为古人坚信服食菖蒲可以长生，所以在端午节，这个被认为是一年中火毒邪气最旺的日子，人们便利用菖蒲来抵挡邪毒。这样的风俗，至少在南朝时已经产生，《荆楚岁时记》云："五月五日，谓之浴兰节。四民并蹋百草之戏。采艾以为人，悬门户上，以禳毒气。以菖蒲或镂或屑，以泛酒。"以菖蒲切碎泡酒服用的这一风俗在后世得以简化，只是将菖蒲叶和艾叶一起悬挂于门首。这一转化，除了因为后世服食菖蒲渐少，还由于菖蒲叶形凛然似剑，被认为有斩妖除魔的功效。

其实，由于古代文人常见的对植物分类的模糊，在诗词中出现的菖蒲，实际上是几种不同植物的统称。对于菖蒲的分类，清人陈淏子在《花镜》中叙之较详："生于池泽者泥菖也，生于溪涧者水菖也，生水石之间者石菖也。"又说："品之佳者有六：金钱、牛顶、虎须、剑脊、香苗、台蒲，凡盆种作清供者，多用金钱、虎须、香苗三种。"

服食用的菖蒲，是天南星科植物石菖蒲，所谓"一寸九节以上""一寸十二节"，指的并不是叶，而是这种植物多环节的根茎。

以室内栽培菖蒲作为文房清玩，此风当始于唐代之后，因为在唐诗中出现的菖蒲，基本还处于野生状态。在宋代，随着文士赏玩假山盆景之风的流行，盆栽菖蒲也登入书斋。南宋诗人陆游就曾赋诗感谢友人送来的盆景菖蒲：

雁山菖蒲昆山石，陈叟持来慰幽寂。寸根蹙密九节瘦，一拳突兀千金直。清泉碧缶相发挥，高僧野人动颜色。盆山苍然日在眼，此物一来俱扫迹。根蟠叶茂看愈好，向来恨不相从早。所嗟我亦饱风霜，养气无功日衰槁。

——《菖蒲》

一盆菖蒲竟然"千金直",可能是诗人的夸张,但从诗中可以看出,这盆来自风景明秀之地雁荡山的菖蒲,被种在绿色的陶缶中,而且加固根系用的文石也是特选的佳品——所谓"昆山石",指昆山市的马鞍山出产的一种白色石子,是点缀盆景所用的上品。明末计成《园冶》云:"其色洁白,或栽小木,或种溪荪于奇巧处,或置器中,宜点盆景。"翠叶白石,再配上清泉一泓,这样的一盆植物,是可以给诗人带来属于"高僧野人"的世外愉悦的。

明清之后,讲究生活精致化的著作逐渐流行。如何培育菖蒲也频繁出现在此类雅玩著作中。

如明人高濂《遵生八笺》卷八《蒲石盆》条:

"书斋蒲石之供,夜则可收灯烟,晓取垂露润眼,此为至清具也。须择美石,上种蒲草,得有旧石,种蒲年远,青葱郁然者妙绝。盛以官哥均定窑方圆盆中,养以河水。天落水时,令出见天日,夜受风露,则草石长青。若置之书斋,尘积蒲叶山石,则憔悴甚矣,须尝念之。"

比起陆游的时代,所用的石、器、水显然都讲

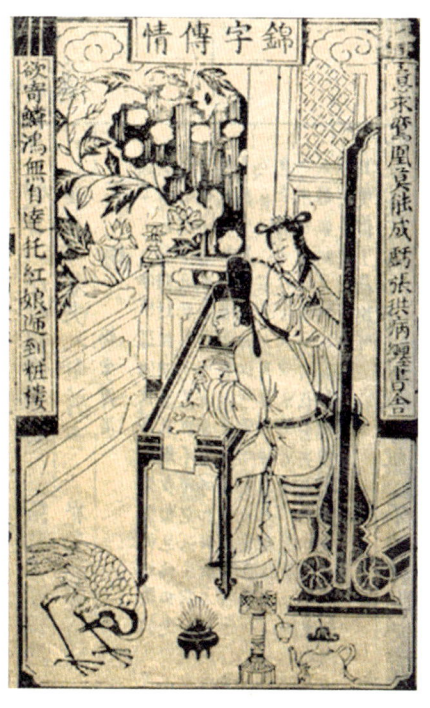

《重刻元本题评音译西厢记》(明万历刊本)插图《锦字传情》,何以表现书房?投壶,鹤,还有一盆菖蒲。

究了许多。来自野外的菖蒲，竟然用昂贵的宋代官、哥、均、定等名窑瓷器种植，令今日的读者不得不咋舌于明末的奢华。

屠隆《考槃余事》中《蒲草》一条，前段讲蒲草功用的文字与《遵生八笺》雷同，可见"雅人"也常不以传抄为异。后文讲盆栽菖蒲的种植，却更求精致："须用奇古昆石，白定方窑，水底下置五色小石子数十，红白交错，青碧相间，时汲清泉养之。日则见天，夜则见露，不特充玩，亦可辟邪。"

世家子文震亨则别出心裁，一反盆栽的"随俗作好"，而是要以人工尽力模拟天然。其《长物志》中《盆玩》条云："乃若菖蒲九节，神仙所珍。见石则细，见土则粗，极难培养。吴人洗根浇水，竹剪修净。谓朝取叶间垂露，可以润眼，意极珍之。余谓此宜以石子铺一小庭，遍种其上，雨过青翠，自然生香。若盆中栽植，列几案间，殊为无谓。"

将栽种菖蒲的小小盆盎扩展为整座净铺石子的庭院，此种雅致直是奢靡到了极处。

蒲松龄的《家政外编·诸花谱》中对如何培育菖蒲说得最为详细，洋洋数百字，篇幅与牡丹、菊、兰等传统重要花卉等埒。蒲氏分类讲述了不同种菖蒲的种植方法，凡水、石、肥、分窠、修剪、禁忌，无不屑屑道来。可谓是集明清人士案头菖蒲栽培法之大成。故(此处)不厌其烦，全文引录如下：

虎须蒲：蒲见土则易粗，故苏州者不及泉州。法当于四月初旬，用竹剪净，罗瓦屑，淘去细垢，密密种实，深水蓄之，不令见日。半月后，粗叶尽去，秋初，再剪一番，斯渐纤细；至年久，不见日色，不见垢腻，自然稠密细短。或云：四月十四，为蒲生日。宜修剪，当渍梅水滋之，宜粪以鼠蝠矢。

龙钱蒲：此种根长二三分，叶长寸许，变化无穷，缺水亦活。夏初，取横云山沙土,拣去大者,淘净粗沙,先盛半盆,取其泄水细者盖面,与盆口相平。大窠一可分十小窠,一分二三,取圆满而差大者为主,余则视盆大小,旋绕布置,经雨根露,再以沙壅之;只置阴处,朝夕微微洒水,自然荣茂,不必盛水养之,一月即成美观,一年盆满,二年可分。藏法,与虎须略同。

养盆蒲法:壅以积年沟中瓦末,则叶细。畏热手、酒气、腥腻、尘垢、霜日、烟火。喜雨露,晓露则宜把去。九月置房中,勿缺水;十一月宜去水,藏密室中,遇天少暖,少浇之;又畏春风。春末始开,置无风处,谷雨后则无患矣。语云:"春迟出,夏不惜。"谓剪之也。"秋水深,冬藏密",谓十月后,以缸合之也。又云:"添水不换水,见天不见日,宜剪不宜分,浸根不浸叶。"

养石上蒲法:宜择石。武康石易生而品下,昆山石佳。然必米泔浸月余,置庭中淋晒,经年,石纯白,始可用。□□石其性咸渴,亦须浸之。凡石上蒲,不可缺水,尤宜洗根。浇以雨水,夜出见露,日出即收。如叶黄,壅以鼠矢或蝙蝠矢,用水洒之。欲其直,以绵裹筯头,每朝捋之。种宜芒种时,石以上水者良。根宜蓄水,而叶不宜近水。以木板刻穴,架之水瓮中,停阴所,则叶向上。若室内,则向见明处,长当移转之。

关于培育菖蒲的用水,陆游仅泛言"清泉",高濂提出需用河水——因为井水往往含有过多的矿物质,影响植物生长;或天落水——雨水。蒲松龄则进一步精益求精,提出养虎须蒲,在春季修剪后,培育新芽时需用"梅水":明清时期,在江南梅雨季节,中等以上人家无不于天井中置缸收集雨水。这个季节的雨水,由于水质纯净甘软,又少尘滓,历来被讲求生活质量的江南文士视为仅次于佳泉的瀹茗佳物。考虑到蒲淄川一生长居无梅雨季节的山左,这一细节当得之于江南友人的传授。

盆栽菖蒲,以其叶细密浓茂为贵。为求这一效果,《花镜》与蒲松龄都提出要用竹剪修剪,在今日看来,这正是园艺学中取消植物顶端优势来促发更多萌芽的做法。剪用竹,一则防止铁锈侵害植物伤口,二来也更见清雅。

书斋中的青青菖蒲,与文士相伴花朝月夕。宜入诗,也宜入画。清人写生花草题材画作中,常见菖蒲的身影。海上吴昌硕曾有一幅《岁朝清供》图,一反传统此类题材的富丽堆砌,画面构图简素异常:胆瓶中红梅一枝,浓墨写出虬枝苍劲;素缶内菖蒲一捧,细枝密叶,乱发蓬蓬。胆瓶与矮缶高下相应,整幅画面既素淡又雅致。新年若此,可谓绝尘。

清·吴昌硕《岁朝清供》

凌波照影——水仙

水仙大概是最常见的书房花卉了，即使到了今天，书房已经从很多人家消失，或是名存实亡，变成电脑房、音响房，水仙还是留在冬天的窗台上，留在春节的气氛里。一只青花瓷盂，一捧玲珑雨花石子，悄然花开，暖香浮动。脉脉无言，是一剪传统中国的身影。

只是，今天已经很少有人记得，如此国粹的花朵，竟然是漂洋过海而来的"洋货"。

水仙最早见于中国典籍，是晚唐段成式的《酉阳杂俎》，其中《广动植第三·木篇》里外国植物部分有这样的一条记载："捺祇出拂林国，根大如鸡卵，叶长三四尺，似蒜，中心抽条，茎端开花，六出，红白色，花心黄赤不结籽，冬生夏死。……取花压油，涂身去风气。"

这些特征，除了"红白色"的花朵颜色外，无一不与今日我们常见的水仙花吻合。在希腊神话中，水仙花为自恋的美少年那喀索斯临水自照，化作此花幽独。希腊文 Narcissuc 和中文译名"捺祇"之间，明显有着音韵流转的联系。

拂林国，即拂菻国，是唐人对古罗马帝国的称呼。按照《新唐书·西域传》中的记载，在唐代，古罗马帝国曾数次遣使入贡，带来"活褥蛇""码瑙床、火毛绣舞筵"等富有异国风味的物产。在唐代人心目中，拂菻国不仅出产贵重的香料如乳香和没药，也是许多奇花异草的故乡。

水仙的名字虽在唐代已传入中国，但从《酉阳杂俎》中的记载来看，记录这种外国花卉，只是出于搜奇志异的需要。的确，唐人对水仙花并不感冒，虽然"水仙"一词在《全唐诗》中出现多处，但均如字面意，指的是洛神、湘妃、汉女这样的水中女仙。

到了宋代,吟咏水仙花的诗篇却忽然多了起来,其中不乏名家名篇。写水仙花诗最早,也是最多最好的,当属北宋黄庭坚。

今日可见的黄庭坚诗集中,专咏水仙花的诗篇共有四组八首:

借水开花自一奇,水沉为骨玉为肌。暗香已压酴醿倒,只比寒梅无好枝。

淤泥解作白莲藕,粪壤能开黄玉花。可惜国香天不管,随缘流落小民家。

——《次韵中玉水仙花二首》

凌波仙子生尘袜,水上轻盈步微月。是谁招此断肠魂,种作寒花寄愁绝。含香体素欲倾城,山矾是弟梅是兄。坐对真成被花恼,出门一笑大江横。

——《王充道送水仙花五十枝欣然会心为之作咏》

折送南园栗玉花,并移香本到寒家。何时持上玉宸殿,乞与宫梅定等差。

——《吴君送水仙花并二大本》

簸舡绠缆北风嗔,霜落千林憔悴人。欲问江南近消息,喜君贻我一枝春。

探请东皇第一机,水边风日笑横枝。鸳鸯浮弄婵娟影,白鹭窥鱼凝不知。

得水能仙天与奇，寒香寂寞动冰肌。仙风道骨今谁有，淡扫蛾眉簪一枝。

钱塘昔闻水仙庙，荆州今见水仙花。暗香静色撩诗句，宜在林逋处士家。

——《刘邦直送早梅水仙花四首》

这些水仙诗，集中创作于宋徽宗建中靖国元年（1101）到崇宁元年（1102）之间的岁末年初。当时，被卷入元祐党争的黄庭坚，在六年的被贬生涯之后，因宋徽宗的即位，政治遭遇有所改善。他离开被贬的蜀中东还，到荆南时，因病而暂时留寓于彼。幸而荆州人士久慕诗人声望，上至荆州知府马瑊（字中玉），下至一般士人，对黄庭坚都十分敬重，常来探望。这些水仙花就是他们送来慰藉诗人的礼物。

从黄诗中可以看出，在黄庭坚所生活的十一世纪后半期，水仙花刚刚由外来的土培植物，变成本土的水培性赏玩花卉。而且，养水仙的风尚主要流行于荆州地区，尚未遍及全国。可为佐证的是，仅长于黄庭坚八岁的苏轼，集中出现的"水仙"一词，依然是传统的"水中女神"意象，与花卉无关。在宋词中，吟咏水仙花的几首词作，都出现于南宋。

黄庭坚的水仙诗中，

北宋汝窑水仙盆（现存于台北故宫博物院）

屡屡以梅花来比衬水仙。友人刘邦直也将水仙和梅花一起送来,带来晚冬早春时节的江南消息。有趣的是,水仙加梅花的搭配流传千年而不变,一直到晚近的民国时期,在书房里养几瓣水仙,再摆上两盆从京郊花洞子里买来的红梅,都还是京华人家新年时节最普遍的花事。

在黄庭坚的笔端,水仙花已经不再仅仅是一种漂亮的植物,而更成为一种富含象征意味的诗歌意象。宋人流行的审美风尚,好雅致素淡。白茎青叶,素花黄蕊的水仙花,不沾尘土,不落凡卉之流,自然受到文士的广泛喜爱。而培植水仙最适合的器皿,当然非同样"水沉为骨玉为肌"的瓷器莫属。今日传世的宋瓷,如汝窑、均窑中,就有不少水仙盆。比起后世民国时水仙盆动辄掐丝珐琅或五色斗彩的热闹,宋瓷中的水仙盆素朴无华,于此花最宜。

从黄庭坚的时代往后,水仙花逐渐成为冬春时节书房的"标配"。明崇祯绣像本《金瓶梅》中,第六十七回《西门庆书房赏雪 李瓶儿梦诉幽情》的绣像插图里,西门庆的藏春阁书

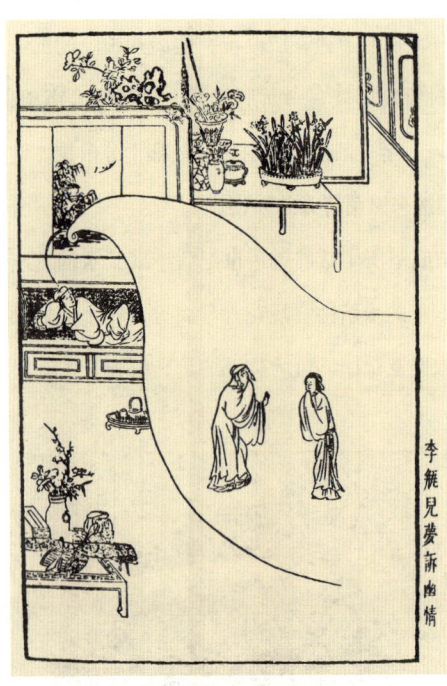

明崇祯绣像本《金瓶梅》第六十七回插图,书房长案上有一大盆水仙。

房——尽管是一个从来无人看书的"书房"——中就放着一大盆三五齐攒的水仙花。而检小说原文，仅云"明间内摆着夹枝桃，各色菊花，清清瘦竹，翠翠幽兰。里面笔砚瓶梅，琴书潇洒"，那一盆开得好生热闹的水仙花，显然来自这位明代的插图作者自己的生活体验。

水仙堪入画，也堪入诗词。由于"水仙"一词有"水际女神"和"水仙花"的二重寓意，在吟咏水仙花时，传统的"水中仙女"意象，便常与作为花卉的水仙意象叠加起来，花兮人兮，同一清绝。比如这一首南宋末年词人的咏画中水仙词：

香雾湿云鬟。蕊佩珊珊。酒醒微步晚波寒。金鼎尚存丹已化，雪冷虚坛。　游冶未知还。鹤怨空山。潇湘无梦绕丛兰。碧海茫茫归不去，却在人间。

——张炎《浪淘沙·作墨水仙寄张伯雨》

全词所咏，为一位遗世独立的仙女，她美丽而纤细，忧郁而怅惘，她不幸落入凡尘，不得归还仙界。如果不是词的题目有所点明，读者真的会忘记这一首词的主题实为吟咏花卉。

这种巧妙的比喻，在各种以水仙为题的文学作品中被大量使用，比如这些南宋人士的词作：

水边照影，华裾曳翠，露搔泪湿。湘烟暮合。□尘袜、凌波半涉。怕临风、□欺瘦骨，护冷素衣叠。

——吴文英《凄凉犯·重台水仙》

> 浑似潇湘系孤艇。见幽仙，步凌波，月边影。
>
> ——吴文英《夜游宫·竹窗听雨，坐久隐几就睡，既觉，见水仙娟娟于灯影中》

> 梦湘云，吟湘月，吊湘灵。有谁见、罗袜尘生，凌波步弱，背人羞整六铢轻。
>
> ——高观国《金人捧露盘·水仙》

然而再巧妙的比喻，也经不起如此雷同的频繁使用。像"凌波微步""罗袜生尘""湘云""汉佩"这样的词汇，到得后世的水仙词中，更几乎成为一种熟极而滥的惯例。于是清初那位擅长咏物，也沉迷于咏物趣味的词人朱彝尊，自恃才高，咏水仙时有意避熟就生，以"赤手白战"法来填词，而且一填便是四首，这里姑引第一首为例：

> 小草先春令，问谁移、香本南园，罢栽幽径。定武红瓷看最好、银蒜十囊齐迸。簇薤叶、萱牙相并。几点青螺攒秀石、护冰苔一片凉沙净。唤仙子，踏明镜。　诗家比喻闲省。未输他、攀弟梅兄，暗香疏影。风露人间浑不到，晴日纸窗留映。衬檠几、画屏斜整。艳紫妖红昏梦里，料更番、花信催难醒。孤芳在、伴清冷。
>
> ——《金缕曲·水仙花，禁用湘妃、汉女、洛神事》其一

因为禁用滥熟的比喻，所以词的构思只在所咏物本身的上下左右盘旋，并大量用替代和比拟。这样写，免不了有些地方显得敷衍。如开头"小草先春令，问谁移、香本南园，罢栽幽径"，连续几句，写的只是将水仙的球状根从土中刨出这点内容。"定武红瓷看最好"，是说水仙盆的精美，但却并

不符合实际,纯属词人的藻饰。定武,即宋代的定州,著名的定窑瓷器的产地。但是定窑瓷器以白瓷最为著名,虽也有其他颜色釉,红色的定窑瓷却极为罕见。而且,红色的瓷盆也与水仙的气质不合。至于朱彝尊为什么要这么写,是因为苏轼有"定州花瓷琢红玉"的名句。词人只顾用典,忘却实际了。接着用"银蒜"状水仙根,"薤叶""萱牙"状水仙叶(这两种植物都有着细长的绿叶),状物倒属妥帖。

清·恽寿平《双清图》,上绘梅花水仙,二者均为文士高雅情操的象征。

下阕中,"攀弟梅兄"系用黄庭坚水仙诗,"暗香疏影"来自姜夔咏梅的名篇。用典固然典雅,却总觉得像王国维说的,有"隔了一层"之嫌。倒是后面"风露人间浑不到,晴日纸窗留映。衬髹几、画屏斜整"几句,写旧时北京中等以上人家,冬季室内养水仙的情景,如在眼前:四合院里一间北房,用作书房的,四壁顶棚早用东昌纸裱糊得四白落地,窗棂上也用高丽纸糊得严丝合缝。室外天寒地冻,室内却又敞亮又暖和。一张荸荠色的退光漆茶几,上面搁着水仙瓷盆,花影叶影,横斜于纸窗上,好似一幅小条屏……

客观地说,这组词写得虽然精巧,却无非是一种逞才使气的游戏之

作而已。朱彝尊集中另有一首咏水仙词,倒是能窥见这位生活于明末清初特殊时代的词人的真实心魂:

亡国春风,故宫铅水,空余芳草,冷花开遍江南岸。王孙老矣,文采风流,墨池笔婿,泪痕都染。帝子含颦,洛灵微步,宛在中洲半。怅骚人,未经佩,徒艺楚英九畹。　　缭乱。一丛寒碧,生烟疏雨,随意欹斜,鹅娟蝉纱,寄情凄婉。尚想白石《兰亭》遗事,逸兴千秋如见。岂似吴兴,君家承旨,蕃马风尘满。纵自署,水晶宫,怕有鸥波难浣。

——《笛家·题赵子固画水墨水仙》

赵子固,即赵孟坚,宋末元初人,和大名鼎鼎的赵孟𫖯一样,都是赵宋宗室子弟,而且也擅长书画,尤其善画墨兰水仙。但是,宋亡后,赵孟𫖯出仕元朝,而赵孟坚却坚守气节,以遗民终老。在同样遭受汉民族为异族覆灭亡国痛苦的清初,这两位是经常被并提比较的人物。赵子固笔下的水墨水仙,是"开遍江南岸"的"冷花",非热闹丛中物,是故国王孙入新朝后,凄婉与冷落心境的一种物化。

赵孟坚款水仙图

朱彝尊自己年轻时曾参加过抗清斗争，而中年之后，迫于情势，终于应清政府的博学鸿词试，任了一个翰林院检讨。这首词应写于朱彝尊仕清前，因为词末对赵孟坚那位出任元朝官职的宗兄赵孟𫖯有辛辣的讽刺。妄想朱彝尊仕清后，如果思及前事，读到自己写下的"怕有鸥波难浣"这样的词句，虽然未必像吴伟业那样痛悔莫及，但心底对于朱明前朝总是有一丝难以名状的复杂情味吧。

从黄庭坚的时代开始，用清水培育水仙花好像已经是一种共识，但水仙原可土植，北来的一箱箱漳州水仙头，原本就是种在花圃中的。明代的文震亨在花鸟虫鱼这些"雅事"上一向表现得很"小众"，他的《长物志》中就说："（水仙）取极佳者移盆盎，置几案间。次者杂植松竹之下，或古梅奇石间，更雅。"不过北方冬天地冻三尺，此举只可施之江南。

而在万里风烟之外，中国水仙的亲戚——洋水仙，依然是郊野中最常见的野生花卉。在春天里，湖畔坡上，房前屋后，黄水仙漫无目的地盛开着，也盛开在诗人的欢歌里：

仿佛群星璀璨，沿银河闪霎晶莹；
一湾碧波边缘，绵延，望不尽；
只见万千无穷，随风偃仰舞兴浓。
花边波光潋滟，怎比得繁花似锦；
面对如此良伴，诗人怎不欢欣！
　　——［英］威廉·华兹华斯《水仙花》（孙梁译文）

佛手与香橼

旧时北京中等以上人家，有盘中供果闻香的习惯。这种中式果盘，不同于花团锦簇的西式果盘，后者偏赏水果的缤纷颜色，前者则更注重鼻端的嗅觉享受。

中式果盘所供的果子，普通是夏用香白杏，秋冬用苹果。黄地透白白里透红的香白杏，或是红彤彤孩儿面也似的苹果，整整齐齐码上一大盘子，放在堂屋里的八仙桌上，整个三间北屋里都清香阵阵，也可随手分饷庭中嬉耍的小儿女。至于讲究些的人家，摆的则是专供盛设闻香的果子：佛手与香橼。

佛手和香橼都是芸香科植物的果实，《本草纲目》将两者混为一物，认为都是枸橼的别名，实误。佛手和香橼的果皮中都含有丰富的挥发性精油，因而芳香袭人。佛手又名九爪木、五指橘。果实的形状非常奇特，前端条条裂开，很像一只佛菩萨丰而无骨的手。或蜷或舒，或作拈花，无不神似。"佛手"之名由此而得。而"佛手"又与"福寿"谐音，更添吉利。香橼一名枸橼、香团，果实的形状色泽，和橘子柑子相近，不同之处，一是特别圆，二是皮特别厚实，三是特别清香。"橼"又谐音"圆""缘"。香橼也是吉祥的果子。

供佛手、香橼以闻香清赏的习俗，起源于明代，之后直至民国时期，都十分盛行于上层社会。《红楼梦》第四十回中写探春秋爽斋中的布置陈设，有这样的一段描写：

当地放着一张花梨大理石大案，案上磊着各种名人法帖，并数

清内府设色库绢本《燕寝怡情》(之四,波士顿美术馆藏),几案上有一大盘佛手。

十方宝砚,各色笔筒,笔海内插的笔如树林一般。那一边设着斗大的一个汝窑花囊,插着满满的一囊水晶球儿的白菊。西墙上当中挂着一大幅米襄阳《烟雨图》,左右挂着一副对联,乃是颜鲁公墨迹,其词云:烟霞闲骨格,泉石野生涯。案上设着大鼎。左边紫檀架上放着一个大观窑的大盘,盘内盛着数十个娇黄玲珑大佛手。右边洋漆架上悬着一个白玉比目磬,旁边挂着小锤。

《红楼梦》善写人物房间的陈设,能够各见人物性情。秋爽斋里供的这一大盘娇黄的佛手,配上水晶球儿的白菊,白玉比目磬,衬着深色的紫檀架,颜色是很动人的。写佛手,一是点明时令——正是贾府女眷头簪菊花,花溆港中衰草残菱的季节,又切秋爽斋的"秋"字;二是侧面烘托探春不俗的审美情趣;三来淡淡一个细节,点染贾府日常生活的富贵景象。因为旧时交通不便,产自岭南的佛手和江浙的香橼,运到北京,都是价钱很贵的果子,胡同口的一般小水果摊上是买不到的,至少要到东四牌楼那边的大果子铺里才能有货。自然,三姑娘是不会亲自上街采买佛手的,那是贾府买办的事情。

有红学家据现代香熏疗法引申说,佛手中所含的挥发性精油有抗焦虑抗抑郁等功效,红楼女儿中,唯有三姑娘是真正对"忽喇喇大厦将倾"的家族命运看得真切,痛心疾首的,所以大观园中单单秋爽斋里陈设了一大盘佛手。这样评《红楼》,未免生发太过,也系不懂古人的生活习惯而致。因为摆放佛手香橼,是旧时无论江南江北,共有的一种对生活趣味的讲究。世家大族,尤其注重这些生活细节。比如曹禺的话剧《北京人》,故事的背景是民国初年北京一个已经破败的书香门第曾家,在剧开始的第一幕,曾家已经付不起裁缝铺的、果子局的中秋节账了,但是还未曾到后面几幕彻底破产的境地。在第一幕

清内府设色库绢本《燕寝怡情》(之八,波士顿美术馆藏),卧房中摆放着香橼

的布景，曾家的书房"养心斋"里，还是"左墙边上倚一张半月形的紫檀木桌，放在姑奶奶房门上首，桌上有一盆佛手，几只绿绢包好的鼻烟壶，两三本古书。当中一只透明的玻璃缸，有金鱼在水藻里悠然游漾"。这个细节，联系第一幕中果子铺前来要账不得的情节，真有传神阿堵之妙。

像贾府、曾家这样的家庭，不仅要随季节摆放这些香果，连摆果子的地方和器皿，也有相当讲究。一般是在书房静室里，另设一张高足几，几上放一个比较大的浅口盘子，将果子层层码起，按时更换。文震亨《长物志》中《香橼盘》条云：

有古铜青绿盘，有官哥定窑、冬青磁、龙泉大盘，有宣德暗花白盘，苏麻尼青盘，朱砂红盘，以置香橼皆可。此种出时，山斋最不可少。然一盆

清代广州通草纸外销画中，佛手盘和悬磬、插着莲花的花瓶一样，满足西方人对古老中国的想象。

四头，既板且套，或以大盆置二三十尤俗。不如觅旧朱雕茶橐，架一头以供清玩。或得旧磁盆长样者，置二头于几案间亦可。

"古铜青绿盘"指三代铜器中的盘形器，从传世实物来看，是像散氏盘那样的。"苏麻尼青盘"指明永乐、宣德朝的青花大瓷盘，所用青花绘料系进口的"苏麻尼青"，因含钴量高，色泽格外浓艳。这时的青花瓷器，因为许多产品原为出口阿拉伯地区而制造，所以有不少形制特别巨大的

盘子,是阿拉伯人席地而坐就餐时,盛全羊、烤馕所用。朱砂红盘指成化窑出产的大红瓷盘,色殷红如朱砂,清人高士奇所谓"价在宋瓷上"(《高江村集·均窑瓶歌注》)者。明人对本朝工艺美术有异常的自豪,论古董时,并不专以古为尚,相反倒是很重视本朝的优秀出品。从这段话里就可以看出这样的风气。

《红楼梦》里说盛佛手用的是"大观窑的盘子",大观为北宋徽宗年号,大观窑盘即北宋官窑盘,正与文震亨的记载相应。北宋官窑瓷釉色多为淡青、豆瓣青,和佛手的娇黄色配搭起来也很合适。

板儿的佛手,后来跟巧姐换了一个香橼。脂本中将"香橼"误作"柚子",当非曹公本意。柚子果实偏大,小儿怀中携抱不便,而且和佛手也不是同类,香橼才和佛手两两作对,一双两好。但脂本此处的批语,却很能搔中作者怀中痒处:

明·陈洪绶《晞发图》,佛手是高士的好伙伴。

柚子即今香团之属也,应与缘通。佛手者,正指迷津者也。以小儿之戏暗透前后通部脉络,隐隐约约,毫无一丝漏泄,岂独为刘姥姥之俚言博笑而有此一大回文字哉?

《红楼梦》的作者是醉心于这些文字谜语的小趣味的,庭前这对嬉闹的小儿女,此时身份云泥之别,而他日几经造化颠弄,竟成夫妻。姻缘结定,正在怀中香果。

香橼在《红楼》中还有一次出场,那是在太虚幻境的册子里,元春判词的画上画着一张弓上挂着香橼。弓寓意"宫",香橼寓意元春之"元"。只是,这位旁人眼中享尽荣华富贵的女子,终于未能团圆至终,而是"虎兕相逢大梦归"了。

明清时期的诗词中,有不少吟咏佛手和香橼的作品。比如清初陈维崧的这一首《红林檎近·咏佛手柑》:

芳树来瓯越,名同吴下柑。风调轶橙橘,芳华擅闺襜。玉人夜凉酒醒,怪底熏透红衫。此际宝鸭休添,香气十分沾。 月底偏濯濯,枕畔故掺掺。佳人笑说,雪山花瓣曾拈。自尘情未断,佛犹如此,合掌长思伴玉纤。

这首词收入《乌丝词》中,是陈维崧少年时的作品,风格旖旎轻倩。上阕说佛手来自福建一带,风调超于橙子、橘子之上,深受闺中人的喜爱。夜凉酒醒时分,佛手浓厚的香气,熏透闺中人的衣衫,连室内的熏香,也变得多余了。下阕从佛手之名生发开去,用佛经中佛曾于大雪山说法的内典,由佛之手而及佳人的"玉纤"。咏物而掺入闺情,是典型的《花间》《草堂》格调。

而陈维崧的父亲陈贞慧笔下的佛手、香橼，就不再那么香艳了，陈贞慧明亡后有随笔《秋园杂佩》，记载家乡宜兴的风物特产，其中《香橼》一条云：

> 香橼见《岭表广记》，一名枸橼子，香与韵远胜于佛手，以佛手自闽来，争致之，实不及香橼之组藉耐久耳。尝见崧儿一诗有云："落落此非橘，幽于味外饶。摘香童仆手，分静素瓷窑。"似能绘趣。自变乱以来，佛手、建兰、茉莉，五年不至矣。间有，非山人寒士所得睨。余庭畔香橼数株，每当高秋霜月，赭珠金实，累累悬缀，不下四五百球，摘置红甆，幽香一室，凡吾之襟裾梦浉，皆是物也。以不用钱买，余得以分赠亲知，一时沾沾为贫儿暴富矣。

清代杨柳青年画《浴婴图》中，盛放佛手和香橼的大盘十分显目。

陈家世代簪缨，陈贞慧少时生长华屋，风流蕴藉，为晚明"四公子"之一。明亡后，陈贞慧坚守气节，乡居不出，家境日落，生活窘困。不得不靠陆续变卖田产度日，到去世时，已经家产荡然。文中的"变乱"指康熙初年的三藩之变，当时南北交通断绝，佛手、建兰、茉莉这些广东福建的物产，本来都是江南士人所喜好的物品，此时却久已无从到达宜兴。"间有，非山人寒士所得昵"，一句话写出陈家社会阶层下降的无奈现实。而原产江南的庭中香橼，则年年结果如故。"以不用钱买，余得以分赠亲知，一时沾沾为贫儿暴富矣"，这样的自我嘲讽，放在那个天地颠倒的大时代背景下，真是苦涩得太沉重了。

佛手和香橼果肉的味道都偏苦涩，不可作为水果食用。但失去新鲜、干瘪撇下的佛手，也还有他用。将佛手切片晾干，沏水代茶，有润肺清烟之效。清末之后，中上人家往往有久居莲幕的瘾君子，他们抽多了鸦片，烟熏火燎，肺干口苦。干佛手饮片是他们茶杯中的必备之物。佛手的这种功用，恐怕是当年的文震亨和曹雪芹都难以想象的吧。

第二章
文房长物

渐行渐远的墨盒

在文房用具的大家族中,墨盒是最年轻的成员,它的流行,不过一二百年的光景,然而和今天尚被书画家广泛使用的纸墨笔砚不同,墨盒已经从我们今天的书斋中彻底消失了。只有在古玩铺中和博物馆的晚近民俗陈列室里,还能零星看到它的身影。然而,在清末至民国的一百多年间,墨盒曾经是书桌上一个必不可少的存在。

在自来水笔从西洋传入中国之前的数千年中,书写之前的磨墨,一直是一件比较麻烦的事情。

汉人《释名》:"砚者,研也。可研墨使和濡也。"先秦两汉时期,磨墨用的是石研。一块光滑平整的石头,配上一枚圆柱形的研棒,磨墨时,将颗粒状的墨块放到研上,添点水,用研棒按着,缓缓碾磨成墨。因为石研不蓄墨,可以想象,在书写的时候,势必需时时放下笔,拿起研棒,研磨几下,才能抟笔写下数十字。

于是人们发明了带砚池可蓄墨的砚台,墨丸则被改制成较大块的墨锭,以长方形圆形为多,兼代了研棒的功能。但即使如此,磨墨依然是一件耗时耗神的事情:动作不可太快,快则墨粗;不可太轻,轻则墨淡;不可太用力,否则伤墨伤砚;手势不可侧倚,须平正悬直,否则墨锭磨成尖尖的一块,不仅以后不好用,也显得主人心浮气躁,胸中缺乏中正和平的气度修养。清人甚至为磨墨特别编出几句口诀:

新砚新水,磨若不胜。忌急则热,热则生沫。用则旋研,研无久停。尘埃污墨,胶力泥凝。用过则濯,墨积勿盈。岁久胶静,墨用乃精。

取材宜厚，可久弗倾。

——清·唐秉钧《文房肆考图说》

快不得，多不得，多么麻烦？所以苏轼的一句感慨"非人磨墨墨磨人"（《次韵答舒教授观余所藏墨》），引起了后人多少共鸣！

如果只是北窗下闲来吟诗作赋，那么悠悠磨墨的过程还不失为一种酿造文思的优雅，但如果写字是为了急事，那只好像李商隐《无题》诗里说的，"书被催成墨未浓"了。

好在李商隐只是写情书，墨急匆匆磨得淡些，无妨书信内容，传情无碍。但到了清代中后期，科举应试，翰林詹事朝考，都格外看重墨色是否浓黑光亮。而且这些考试，答卷时间往往很紧。墨汁的质量，磨墨的速度，往往关系到文章是否能被录取，甚至十年寒窗苦读后的命运。功名事大，临场时"多快好省"的磨墨方式一下变得如此重要起来，于是砚的外延——墨盒，便应运而生。

墨盒是一种铜制的有盖扁盒，里面垫有一块丝绵。考试时，士人提前精心磨好墨汁后，注入墨盒中，携带入场。于是既可免去临时磨墨的慌乱，又不用再带上砚台、墨锭、水注等零碎文具，十分方便。

墨盒起源于何时？坊间传说，乾隆末年，一位士人进京应考，嫌场中磨墨不便，于是他聪慧的妻子在自

民国黄铜墨盒，浅雕平刻文房清供图样。

己的银粉盒里装入丝绵，注入墨汁后给丈夫带入考场中，墨盒由此流行开来。但据考古报告，元末明初的南京吴祯墓葬中，已有垫有丝绵的铜制盒子出现。只是从现存的文献资料看来，并无明代人使用墨盒的记载。所以吴祯墓葬中铜盒内残存的黑色物，到底是墨汁，还是染发用的胶青，尚有争议。

就社会风尚来看，墨盒的流行，还是要到清代中后期嘉庆、道光年间的事情，正如邓之诚《骨董琐记》中所言：

> 墨盒之制，不详始于何时。相传一士人入试，闺人以携砚不便，为喷墨于脂，盛以粉奁，其说特新艳，然无确据。大约始于嘉、道之际。阮文达道光丙午，重赴鹿鸣，以旗匾银制墨盒，其制正圆，为天盖地式，旁有二柱系环内。

墨盒的流行，催生了墨汁的诞生。清同治四年，安徽进京赴考举人谢松岱，取"一艺足供天下用，得法多自古人书"首字作名，经营一得阁特制墨汁。这种墨汁搀有动物胶，质地浓厚，正符合清末论书法尚黑尚亮，要求"字光如漆"的审美需求，于是盛行于世。一得阁遂成为商业规模化加工墨汁的开始。

而墨汁的大量市售，又反过来使得墨盒的使用更加方便，到了清末民初时，旗人震钧的《天咫偶闻》已记载说："墨合盛行，端砚日贱，宋代旧坑，不逾十金，贾人亦绝不识，士大夫案头，墨合之外，砚台寥寥。即有者，不过新坑礼货，取其追琢之工，供玩而已。"使用墨盒的风气由北及南，墨盒以其便利的实用性，竟逐步取代了砚台千百年来雄踞书斋案头的不二地位。

墨盒多为铜制，早期为紫铜，后用黄铜，到清末民初时，白铜使用最多。

白铜是铜与锡的合金,光润细致,有"赛银"之誉。白铜比白银价廉,比黄铜少铜腥,又不易生铜绿,平民阶层所用的近手把玩物品,比如手炉、脚炉、水烟筒等,白铜是最佳材质。当时所用的优质白铜,多来自汉口。但墨盒的加工出售,却以北京为中心。这是因为北京作为文化中心和政治核心,考试特多,除了三年为期举办的北闱乡试、会试、殿试等科举仪式外,还有翰詹朝考等各式考试。而每年来到北京参加各级考试的士子,又将使用墨盒的风气,逐步播撒到全国。

较早的墨盒,多是文人找工匠自制,如《骨董琐记》中记载的阮元的墨盒,是自己设计的样式,"旁有二柱系环内",大概是方便随时携带。同治年间,一位叫陈寅生的秀才,在北京琉璃厂开设万礼斋墨盒铺(后改名为万丰号),这是最早的墨盒专营店铺。此后,随着使用墨盒在社会上的普遍流行,琉璃厂、劝业场等处,卖墨盒的店铺也繁盛起来。到二十世纪二十年代时,北京的白铜墨盒,甚至已与江西南昌的象眼竹细工、湖南的湘绣并列,成为外国游客争相选购的"中国三大名物"之一(见[日]中野江汉《北京繁昌记》)。

墨盒原来的形状,不过圆形或四方形两种,后来愈变愈奇,花样翻新,

出现在当今古玩拍卖会上的白铜墨盒两枚

有八角、扇形、菱形、椭圆等各种形制。但圆形和四方形,始终是最基本最流行的款式。

墨盒表面的图案,早期少有雕、铸,多是刀刻阴文线条。万礼斋的老板陈寅生,本人便是位刻墨盒、刻铜镇纸的方家。他擅长刻蝇头小字,能在不过手掌大的一个墨盒盖上刻上整篇《圣教序》或《兰亭集序》。端楷数百字,而能笔笔见锋,一丝不苟,是他最擅长的作品。当时落款"寅生"的墨盒,在清末民初盛行一时,外地的读书人到了北京,少不得买上一些墨盒,既自用,也可馈赠亲友。震钧的《天咫偶闻》说:

光绪初,京师有陈寅生之刻铜,周乐元之画鼻烟壶,均称绝技。陈之刻铜,用刀如笔。入铜极深,而底如仰瓦。所刻墨盒、镇纸之属,每件需润资数金。

到民国初年时,市场上很多"寅生"款墨盒都是赝品。虽是赝品,却价格不菲。二十年代时,普通墨盒价格不过二角至一元五角,而寅生款的墨盒有在五元之上的,相当于两袋洋面或四五十斤猪肉的价格。不过,比起昔日价值动辄千百元,甚至等重黄金的古砚来,墨盒的价格,还是十分亲民的。

继万礼斋墨盒铺之后,到了清末民初,张樾丞的同古堂图章墨盒店在琉璃厂独领风骚,张樾丞本人是篆刻名家,有《士一居印存》流世,为不少名人治过印,新中国的宋体字国印,就是张樾丞所刻。张樾丞能以篆刻刀法刻铜,运刀如笔,虎虎生风。他又有一批名画家好友,如姚茫父、陈师曾等,为他的墨盒起画稿。这些画稿,多考虑到刻铜用刀的特殊性,或为折枝花鸟,或为山水人物,或为清赏玩器,以写意为主,删繁就简,往往寥寥数笔,而文人趣味十足。这批名画家加盟到墨盒制

今人仿制的铜墨盒，上有"咸广联合运动会"题刻。民国时期，墨盒曾经是中小学校运动会和其他赛事中最普遍的奖品。

造业来，使墨盒在实用之外，更增添了艺术欣赏的趣味。

入民国以后，虽然越来越多的人开始使用自来水笔，但各种机关公文，中小学作业、考试依旧普遍要求用毛笔书写。所以墨盒成为机关文员和学堂儿童必备的文具。二十世纪四十年代，光是北京东琉璃厂里，自东向西路北的半爿街上，细细数来，就有文宝斋、兴文阁、大德阁、愚得阁、聚龙号等好几家专营的墨盒铺。墨盒的生意，当时就是这么好。

当时中小学校开运动会、评优秀生、学生毕业，常拿白铜墨盒作奖品。所费不多，又很实用，金石长存的良好祝愿之外，还蕴含着学校师长希冀孩子们好好学习的苦心。这些用作学校奖品的墨盒，就不一定出自名家之手了。最普通的，盒盖上刻一篇《总理遗训》或朱柏庐《治家格言》，刻工不精，但往往还会署一个"茫父"之类的款。这样的墨盒，在今天的收藏市场上还可以经常看到。

墨盒的底盖之间虽然尽量做得严丝合缝，但毕竟不能滴水不漏，小学生拿着上学，路上不小心碰翻，不仅倾了墨水，也污了作业簿子和小手。于是便有了墨盒套，用花花绿绿的丝线、毛线编成钩成网兜。这些一般都是家里母亲或姐姐的手工，谁的墨盒套颜色配得鲜，花式钩得巧，也是小学生常常互相比赛的内容。墨盒里的丝绵垫倒经常是孩子们自己做的：养蚕的时节，把快上山的蚕宝宝捉几条来放在墨盒里，让它们在盒底吐丝，便可得到一张依样大小的雪白丝绵垫。

新中国成立后的五十年代，各党政机关、文教机构开始普遍使用自来水笔，那也正是蛰居北京、惯用毛笔的周启明（周作人）老人开始抱怨买不到直行信纸和旧墨的时候。白铜墨盒终于和许多旧的风尚一样，被那个崭新而火热的时代抛在了身后，渐行渐远，消失于我们的视野之外。

水足砚田

康熙二年（1663），是为癸卯。新年元日，著名演员、作家、编剧、导演、实业出版家、芥子园主人李渔李笠翁先生，在南京颇得意地写下两句新年试笔诗：

水足砚田堪食力，门开书肆绝穿窬。(《癸卯元日》)

在明清时期，像李渔这样的文人，他们一无田地可收租税，二无朝廷官职可享俸禄，单单靠得笔墨来谋一份生计。于是他们常常半玩笑半自嘲地将写字作文称为笔耕，所耕的，便是案头数尺之方的一块砚田。

"砚田"一语的始作俑者，是苏轼的"我生无田食破砚"(《次韵孔毅父久旱已而甚雨三首》)一诗。当然东坡先生玉堂金马，食破砚云云，只是夸张而已。但到了明清时期，随着商业化进程对文士阶层的剥离，越来越多像李渔这样的文人，无田无禄，要靠自己的笔墨耕砚谋生，砚田的比喻遂成文士习语。扬州八怪之一的金冬心，藏砚甚富，遂自号"百二砚田富翁"，清代伊秉绶有自作砚铭曰：

惟砚作田，咸歌乐岁。墨稼有秋，笔耕无税。

于是，历代文士企慕不已的桃花源式的田园胜境，在书斋的案头寻觅到了另外一种载体。

如果真的将书案上的一方石砚在想象中延展为一块田地，我想，这样的田地，当不是北方黍稷离离的旱田，而应是一块天光云影共徘徊的南方水田。

水，是让砚与墨亲密接触的重要媒介。所谓"烟岚余斐亹，水墨两氤氲"（唐·刘禹锡《谢柳子厚寄叠石砚》），在最初的时候，磨墨大概只是将手边易得的水随手取来，贮水的器物也无非是家中已有的杯盂之类。但随着后世对文房用具的进一步讲究，对磨墨的水也有了一定的要求。宋代高似孙《砚笺》中说："砚用则贮水……水宜取新，护尘，忌用煎煮之水。"明人文震亨在《长物志》中也正颜厉色地警告："大忌滚水磨墨，茶、酒俱不可！"因为热水会破坏墨中的胶质，茶碱、酒精和墨中的物质可能会发生某种化学反应，使得墨色变淡。

而那些为磨墨捺毫贮水、注水、添水的文房器具，更是务求精美，成为砚田之畔的动人风景。

砚　滴

砚滴是向砚中注水的器具。汉晋时期的砚滴，一般做成口中衔杯的动物形状，中空，在动物的背部有进水孔。砚滴上配的小杯，常被称为"匜"。古人典籍中所提到的"天禄研匜""辟邪研匜"等物，就是做成异兽天禄、辟邪形状的砚滴。

北宋沈括的侄儿沈遘，曾写

东汉兽形砚滴（故宫博物院藏）

过一首《天禄研匜》诗,诗云:

> 张君赠我古砚滴,四脚爬沙角如戟。肉翼络脾老兽姿,世不能名眼未识。我知此为天禄儿,口衔一寸黄金匜。蟾蜍嚼月两吻坼,天鲸胸穴双泉飞。玉声琮琤珠迸落,影射岩石光瀺灂。未央书殿立鬐鬣,曾见扬雄老投阁。子孙晚出中平间,渴乌翻车洒平洛。宗资墓口卧露霜,头角顿挫仍腾攫。尔来拂拭傍几案,眉目睢盱苔藓剥。形模不入世俗用,疑付大手传糟粕。未能点缀《清庙》颂,开辟大易《摘》《春秋》。就令□□□□,末势犹足为迁彪。物无贵贱系所用,千金乞我直暗投。图书散落愈□下,晚岁惟有斋盐谋。学注虫鱼问老圃,无乃塌飒为匜羞!

朋友送来的这件古天禄砚滴,形为怒目张鬐的异兽,它首有尖角,身生双翼,口中衔匜,其形状,正与今日可见的汉代铜辟邪、玉辟邪砚滴相同。诗人想象这件砚滴曾经为汉宫中物,也许,它见识过汉末宫中的那些风云变幻。如今,历尽沧桑后,这件砚滴流落到诗人的几案之上,诗人摩挲着其上的斑斑苔痕,抚今追昔,不由感慨自己年老而官职犹微,学问无成了。

从出土实物看,汉晋时期砚滴的材质以铜质为多,偶尔也有玉质的高级品。今藏美国的一件玉辟邪形砚滴,怒目奋睛,后足微抬,生气流转,动感十足。这样的一件砚滴,如果置于几案之间,足以让主人在临池操翰之余,能够驰骋心目。而这种愉悦,正是历代文房用具造型愈精愈美的动机所在。

这种动物造型的铜质古砚滴,到了宋代的时候,正如沈遘诗中说的"世不能名眼未识",很多人已经不知道它的功用了。南宋末年的赵希鹄在《洞

明·项元汴撰《历代名瓷图谱》（英译本）之"明宣窑积红双柿水注"

天清录》里谈文房器具时，就犯了一个错误：

> 铜性猛烈，贮水久则有毒，多脆笔毫。又滴上有孔受尘，水所以不清。故铜器不用，金银锡者尤猥俗。今所见铜犀牛、天禄、蟾蜍之属，口衔小盂者，皆古人以之贮油点灯。今误以为水滴耳，正堪作几案玩具。

在宋代，由于瓷器制造业的兴盛，用于灌溉砚田的那些盛水器具，许多已改用瓷质。所以赵希鹄认为，铜质不宜贮水，那些口中衔杯的铜犀牛、天禄、蟾蜍之类，是古人用来贮灯油的用具。赵希鹄大概没有读过西晋傅玄的一篇《水龟铭》：

> 铸兹灵龟，体像自然。含源吐水，有似清泉。润彼玄墨，染此柔翰。申情写意，经纬群言。

这只水龟是由金属铸造而成，造型写真，它中含清水，用途是润墨染笔，在素帛上挥洒文章。这正是砚滴的写照。

从诗文中看，铜质的砚滴，在宋代依然有一定的市场，南宋末年李昴英《赠三举人》诗："铜蟾滴砚不曾晴，

北宋越窑青瓷三足蟾蜍砚滴（慈溪博物馆藏品）

命到通时文乃亨。"铜蟾蜍砚滴向砚中频频注水，是士人用功读书作文的一个象征。陆游作《书巢五咏》，砚滴也在其中："铜之在人间，细大各有境。散为五铢货，聚作九牧鼎。天禄与辟邪，乃复参泓颖。致用孰相须？寒泉出金井。""天禄与辟邪"一句，即指铜制神兽造型的砚滴而言。

砚滴的造型，除了传说中的异兽外，以兔和蟾蜍为多。兔是月的象征，而"夫月者水也"（《论衡·说日篇》）。蟾蜍则不仅是水中之物，在古人观念中更是能辟五兵、镇凶邪、益人寿的神物，在后世还有"蟾宫折桂"的美好象征。所以做成蟾蜍形制的砚滴，自三国至清，在书斋的案头绵延不绝，"屏暖半销香鸭火，窗寒初结研蟾冰"（陆游《病中偶得名酒小醉作此篇是夕极寒》）。小小一枚砚滴，善祝善祷，蕴含的是寒窗下的读书人对未来的一片美好期冀。

水中丞

往砚中添水的这些零碎器物中，有一位成员的名字，官派十足，它便是水中丞。

中丞，原为古代官职名。秦汉时期，御史大夫"有两丞，秩千石。一曰中丞，在殿中兰台，掌图籍秘书，外督部刺史，内领侍御史员十五人，受公卿奏事，举劾按章"（《汉书·百官公卿表》）。到了明清时，巡抚也雅称为中丞。

水中丞是什么？说白了，就是水盂，是放在桌上用来盛砚水的器具。

将水盂唤作水中丞，源自南宋林洪，这位著名隐士林和靖的七世孙，和他的祖先一样，一心要做一个雅人。他编了一部《文房职方图赞》，给十八种文房器物，一一拟出姓氏名字、别号、官职，并配以图和赞语。其中，水盂一物，姓潜，名中含，号玉蜍老翁，官职为水中丞。

明·项元汴撰《历代名瓷图谱》（英译本）之"宋官窑蝉文水丞"

林洪为水中丞作的赞语是这样的：

> 一言之出，必有以利泽于当世。而后可以任言责，若夫当言而不言，塞也；不当言而言，泛也。不泛不塞，动有利泽，其惟水中丞之德乎？

无生命的文房器物，被赋予了一种道德重任。以中丞为官名，大抵是因为水盂管领砚水之事吧。有趣的是，林洪所拟的十八个文房官职，在后世传叫开来的，唯有水中丞一个。

宋代之后，随着砚台式样的变化，砚台一次能容纳的墨汁量变少了。因此，更加需要时时往砚中添水，以保障书写的需要。明清时期，兽类衔杯式的水滴已经很少见于书斋，取而代之的，是水注和水中丞。

文震亨《长物志》中《水中丞》一条云：

> 铜性猛，贮水久则有毒，易脆笔。故必以陶者为佳。古铜入土岁久，与窑器同。惟宣铜则断不可用。玉者有元口瓮，腹大仅如拳。古人不知何用，今以盛水最佳。古铜者有小尊罍、小甑之属，俱可用。陶者有官、哥瓷肚小口钵盂诸式，近有陆子冈所制，兽面锦地与古尊罍同者，虽佳器，然不入品。

宣德铜器第一次在明代人那里遭到了鄙视。原因不是由于造型，而是材质。在后世鼎鼎大名的陆子冈，在文震亨那里竟然得了个"不入品"的评价，所谓世家子，大抵便是如此这般地不落凡俗吧。

高濂《遵生八笺》中《水中丞》一条，则记载明人所见水中丞样式较详：

明·项元汴撰《历代名瓷图谱》(英译本)之"宋龙泉窑兽面水丞"

铜有古小尊罍,其制有敞口、圆腹、细足,高三寸许,墓中葬物,今用作水中丞者。余有古玉水中丞,半受血侵,圆口瓮腹,下有三足,大如一拳,精美特甚,古人不知何用。近有陆(子冈)琢玉水中丞,其碾兽面锦地,与古尊罍同,亦佳器也。磁有官、哥瓷肚圆者,有钵盂小口式者,有瓜稜肚者,青东磁有菊瓣瓷肚圆足者,定有印花长样如瓶、但口敞可以贮水者,有圆肚束口三足者,有古龙泉窑瓷肚周身细花纹者,有宣铜雨雪沙金制法古铜瓿者,样式美甚。近有新烧均窑,俱法此式,奈不堪用。

可见,明清时,水中丞的来源主要有两种,一种是当代玉瓷制品,另一种则是对三代青铜器中小而能贮水之器的"再利用"。无论具体形制材质如何,有一点是确定的:水中丞需圆腹、敛口。很多水中丞另外配有小匙,以供舀水添用。

水中丞虽不属于"文房四宝"之一,但实际使用中,却和笔墨纸砚一样,是书写必不可少的用具。在明清绘画中,凡是有吟咏题材处,屡屡可见水中丞的身影。比如晚明陈洪绶的《红叶题诗图》:一仕女于太湖石上持花兀坐,身侧设笔一,凤形砚一,砚中墨沈正浓。笔砚之侧,另有一尊哥窑式开片水中丞,其中有匙。可以想象,在读画者的目光不可及之处——水中丞中,定有一泓清波,等待着女主人公的诗情。

陈洪绶《红叶题诗图》

铜雀台的另一种生存

公元210年，是为建安十五年。三国鼎立的局面，已在两年前因为赤壁江上的那场烈烈战火而形成。这一年，周瑜在东吴去世，刘备赴京口向孙权讨要荆州无果，怅然而返。而在北方的平原上，北征东进均胜利归来的曹操，开始在邺城修建一座高大的台观。

这座巍峨的台观，以一种凛然的姿态，屹立在北方冬季明朗的天空之下。在作为当时中国文学中心的邺下，这座高台激发了无数文学创作的欲望，那些风骨慷慨的吟唱，比这座高台流传得更加久远：

从明后以嬉游兮，登层台以娱情。见太府之广开兮，观圣德之所营。建高门之嵯峨兮，浮双阙乎太清。立中天之华观兮，连飞阁乎西城。临漳水之长流兮，望园果之滋荣。立双台于左右兮，有玉龙与金凤。揽"二乔"于东南兮，乐朝夕与之共。俯皇都之宏丽兮，瞰云霞之浮动。……

——《三国演义》第四十四回诸葛亮所引曹植《铜雀台赋》

在西晋陈寿的《三国志》中，这座高台被命名为"铜雀"。孔明所引的这段《铜雀台赋》真伪杂糅，有些句子，如"立双台于左右兮，有玉龙与金凤。揽'二乔'于东南兮，乐朝夕与之共。俯皇都之宏丽兮，瞰云霞之浮动"等，为传世的曹植集所无，但后世的我们如此熟稔铜雀台的名字，却正是因为孔明截取曹植赋中的文字，跟周瑜开的这个玩笑——将铜雀台的两座飞桥谐音"二乔"，用作曹操想夺取孙策和周瑜妻子（即大小二乔）的证据，借以激怒周瑜共同抗曹。当然这只是小说家者言，因为当曹植在建安十五年的岁末写下《登台赋》（曹植集中此赋题名）的时候，周瑜已经在南方的巴丘（在今湖南岳阳）去世了。

三国的风云匆匆卷过，十六国时期，后赵的君主石虎，重修了邺城的铜雀台，这次修整，工程宏大，超过了曹操原建的规模。到了一百多年后，北魏的郦道元来到邺城，所看到的铜雀台，还是"因城为之基，巍然崇举，其高若山……又于屋上起五层楼，高十五丈，去地二十七丈"（《水经注》卷十）的巨型建筑。

然而铜雀台终于还是荒废了。今日的旅游者，风尘仆仆来到邺城的旧址，在若干油彩未干的新建仿古建筑群之外，所能见到的，只是一抔不足十米高的黄土。铜雀台上女伎的舞袖歌扇，邺下文士群的慷慨风骨，都已风流云散。

河北涿州影视基地中的仿建铜雀台一角

> 石麟埋没藏春草，铜雀荒凉对暮云。（唐·温庭筠《过陈琳墓》）

作为建筑的铜雀台，它的繁华，在唐代便已从世间消失。

然而铜雀台的名字和故事，在文学的空间里，却依然有种旺盛的生命力，激发着一代又一代诗人的想象，但看《全唐诗》中多至数十首的《铜雀台》《铜雀妓》诗题，便可知对于这样一座进驻典故王国的名建筑，诗人们倾注了怎样的热情。

在文学之外，文士们还用另外一种模式，延续着对铜雀台和它所属的那个时代的追忆。那便是在书斋案头，放上一块用铜雀台的殿瓦所琢成的瓦砚。

以瓦为砚，本是在端溪砚石被发现之前，三国至唐代的砚台中常见的材质。唐僧人贯休有咏砚瓦诗：

> 浅薄虽顽朴，其如近笔端。低心蒙润久，入匣更身安。应念研磨苦，无为瓦砾看。傥然仁不弃，还可比琅玕。
>
> ——《砚瓦》

瓦砚是砚中的朴素者，价廉易得。晚唐吴融的《古瓦砚赋》说："勿谓乎柔而无刚，土埏而为瓦；勿谓乎废而不用，瓦斫而为砚。"则以瓦为砚，更是古人废物利用的一种方式了。

而以铜雀台瓦雕琢为砚，却是让砚兼具了实用与精神的双重功能。据传，铜雀瓦砚本身是砚中佳品。北宋苏易简《文房四谱》中说："魏铜雀台遗址，人多发其古瓦，琢之为砚，甚工，而贮水数日不燥。世传云：昔人制此台，其瓦俾陶人澄泥以缔滤过，加胡桃油方埏填之，故与众瓦有异焉。"

也就是说，如果苏易简的说法属实，那么铜雀台瓦在制造时，工艺是十分复杂的：以网眼细密的葛布等织物为筛，将泥土先过筛，筛得极细，再加入胡桃油，然后反复揉搓，方才入窑烧制。这种制造方式，和唐宋时流行的澄泥砚的制法大略相似。故而铜雀台瓦的质地细腻坚润，远胜常瓦，用以为砚，除"贮水数日不燥"外，还易发墨而不伤笔毫。

然而，文士们以铜雀台这样的著名古建筑的屋瓦为砚，在实用功能之外，更可看重的，却是摩挲此砚，油然而发的思古之幽情、兴亡之零思。

正如北宋韩琦的《铜雀砚》里说的：

> 邺城宫殿已荒凉，依旧山川半夕阳。故瓦凿成今日砚，待教人世写兴亡。

这种精神的愉悦，显然是文士们千方百计寻觅铜雀台瓦做砚的最大动力。

从文献记载来看，在瓦砚流行的唐代，已"有好事者用未央宫铜雀台瓦"（唐·柳公权《论砚》）做砚台，但此风并不流行。《全唐诗》所收咏铜雀台故事的诗歌，虽然也常从残砖碎瓦中历数兴亡，却都没有提到以瓦为砚之事，反倒是普遍对那些分香卖履之后的铜雀故伎的寂寞哀伤充满关切。

对铜雀台瓦砚的热捧，是到了金石之学大盛的北宋才开始流行的风尚。铜雀台瓦砚历史与实用的双重价值，使它一时成为文士案头一件最 fashion 最 in 的文房用具。苏轼"举世争称邺瓦坚，一枚不换百金颁"（《次韵和子由欲得骊山澄泥砚》）的诗句，虽是为了以铜雀台瓦砚陪衬所得澄泥砚的珍贵，却也写出了北宋中期一枚铜雀台瓦的"市场价"。

作《铜雀砚》诗的韩琦，本人在宋仁宗至和二年（1055）曾做过相州知州，铜雀台所在的临漳县正在相州治下。身为地方父母，韩琦不止一次应友人之求，去寻求铜雀台的残瓦为砚。然而瓦不易得，友人的恳求又不可推托，韩琦只好以长篇歌行为答诗，向朋友宛转抒发这种两下里做人难的心境，比如这首《答章望之秘校惠诗求古瓦砚》：

邺城博物馆所藏"铜雀台瓦砚"，制作年代不详。

魏宫之废知几春，其间万事成埃尘。唯有昭阳殿瓦不可坏，埋没旷野迷荒榛！陶甄之法世莫得，但贵美璞逾方珉。数百年来取为砚，墨光烂发波成轮。求之日盛得日少，片材无异圭璧珍。巧工近岁知众宝，杂以假伪窥钱缗。头方面凸概难别，千百未有三二真。我来本邦责邺令，朝搜暮索劳精神。遗基坏地遍刊窟，始获一瓦全元淳。藓斑着骨尚乾翠，夜雨点渍痕如新。当时此复近檐溜，印以篆字花其唇。磨砻累日喜成就，要完旧质知无伦。吾才寡陋不足称，思与好古能文人。好古能文今者谁？武宁秘书章表民。无诗尚欲两手拊，何况大雅之奏闻铿纯！

此诗先从魏宫万事成尘开篇，引出铜雀台古瓦。此瓦制法，世间久已不传，故其价值可与美玉相比。求瓦的人多，瓦的总数有限，真正的铜雀台瓦越来越难搜得。韩琦亲临邺城，逼着邺城县令派人朝暮搜索，才好容易在铜雀遗址上的瓦砾堆里翻出一块完整的古瓦,而且还是屋檐口那一溜儿带瓦当的,上有篆字。令工匠雕琢成砚后,韩琦总算完成一桩心事。诗末则是对友人大加赞美:您本就富有诗才,有了这样好的砚台,还不更是如虎添翼吗?

虽然来之不易,章望之毕竟是得遂所愿了。而下一位来讨砚的朋友陈舜俞就没那么好运。韩琦的《答陈舜俞推官惠诗求全瓦古砚》是这样写的:

邺宫废瓦埋荒草,取之为砚成坚好。求者如麻几百年,宜乎今日难搜讨。吾邦匠巧世其业,能辨瓌奇幼而老。随材就器固不遗,大则梁栋细梦橑。必须完者始称珍,何殊巨海寻三岛。荆人之璧尚有瑕,夏后之璜岂无考。况乎此物出坯陶,千耕万劚常翻搅。吾今所得不专全,秘若英瑶藉文缲。君诗苦择未如意,持赠只虞笑绝倒。君不见镇圭尺二瑁四寸,大小虽异皆君宝。

比起答章望之的诗来,韩琦在这首诗里更是叫苦连连:翻腾了几百年,铜雀台瓦真的是没有啦没有啦!连零头碎片能找到就算不容易了,您还要全的整的,我上哪里给您倒腾去啊?好容易给您找到块不全的真瓦,您就笑纳了勉强着用吧!您不见那镇圭尺也只有巴掌大小,却是着实珍贵得很哪!

铜雀台瓦砚在北

清·刘阳春制并铭卷叶纹铜雀台瓦砚,背面铭文有"铜雀瓦"字样。

宋时既已稀罕如此,到了后世更是价如拱璧。其间真伪,不可细辨。清代王士禛《池北偶谈》中引崔后渠《彰德府志》辨砚语云:"世传邺城古瓦砚,皆曰曹魏铜雀砖砚,皆曰冰井,盖徇名而未审其实。魏之宫室,焚荡于汲桑之乱,赵燕而后,迭兴代毁,何有于瓦砾乎?"

王、崔二人对历史真相的辨析是明白的,只是古董文玩这种事情,多少人是揣着明白装糊涂,假作真时真亦假。而且后世的铜雀台瓦,的确也不像苏易简说的那样好用了,明朝的谢肇淛说"铜雀瓦虽奇品,然终燥烈易干"(《五杂俎》),和苏易简"贮水数日不燥"的说法正好相反,不知是不是因为谢肇淛所见到的是假货。

铜雀台瓦砚既然那么稀罕又那么热门,各种仿制作伪,便随之而生。韩琦诗中有"巧工近岁知众宝,杂以假伪窥钱缗"两句,苏易简《文房四谱》也说:"即今之大名、相州等处,土人有假作古瓦之状砚,以市于人者甚众。"可见早在北宋年间,铜雀瓦砚热潮初起时,已有黠慧的匠人大批作伪,来迎合那越来越火爆的市场需要了。

即使是真品,用起来也不那么方便。铜雀台瓦砚以全瓦为贵,而整片瓦的大小,"长几三尺,阔半之"(洪迈《容斋随笔》记黄庭坚藏铜雀台瓦砚),重量恐怕有几十斤,搬运涤洗皆笨重不堪,只能供案头清玩,摩挲摩挲,在幻想中追忆一把前朝往事而已。

从宋至清,历代文士对铜雀台瓦砚多溢美之词,而元代的

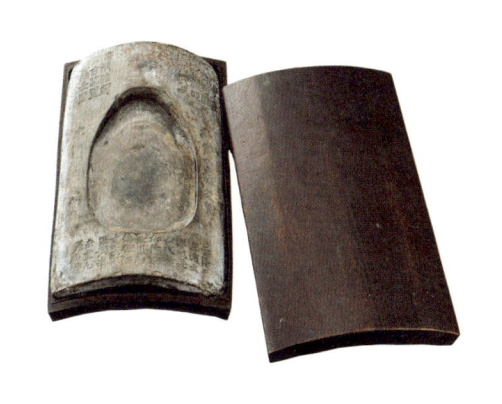

清代铜雀台瓦砚

理学名儒艾性夫,却写了一首长诗,来大唱其反调:

临洮健儿衷甲衣,曹家养儿乘祸机。匹夫妄作九锡梦,鬼蜮敢学神龙飞。负鼎而趋不遄死,筑台尚欲储歌舞。但知铜雀望西陵,不觉妖狐叫墟墓。分香卖履吁可怜,所志止在儿女前。竟令山阳奉稚子,出尔反尔宁无天。陈留作宾向司马,包羞更出山阳下。国亡台废天厌之,何事人犹拾残瓦。古来观物当观人,虞琴周鼎绝世珍。区区陶甓出汉贼,矧可使与斯文亲。歙溪龙尾夸子石,端州鸲眼真苍璧。好奇不惜买千金,首恶宁容污寸墨。书生落笔驱风雷,要学鲁史诛奸回。请君唾去勿复用,铜雀犹在吾当摧。
——《诸公赋东园兄铜雀砚甚夸,余独不然……》

艾先生显然是一位"唯道德论"者,在他看来,曹操乃是窃国祸民的乱臣贼子,身败名裂,遗臭万年。他修建的铜雀台的荒废,乃是"天厌之"的结果,因此铜雀台的废瓦,也沾染了曹阿瞒的邪恶,是应弃之物了。读书人本该做好道德楷模,怎的还拿这废瓦端正放在桌上,磨墨染笔,污染清白的文字?对于诸公争赋的"东园兄"的那方宝砚,艾性夫甚至要求主人将其丢弃,不然,他自己就要来动手"清君侧"了!

像艾性夫这样极端的道德衡量,虽属个例,然而翻开一部中国艺术评论史,种种因人废言、因人废书的例子,却所在皆然。也许,还是王安石的《相州古瓦砚》写得真切:

吹尽西陵歌舞尘,当时屋瓦始称珍。甄陶往往成今手,尚诧虚名动世人。

稀世珍宝也罢,椎而碎之也罢,都不过是世人所喧嚣的"虚名"而已。人事兴废,废瓦无声,只在书案上,任人拂去历史的重重烟尘。

从米芾到曹寅——砚山琐谈

康熙四十三年(1704),时任两淮巡盐御史的曹寅,收到了一件礼物。

对于时已久任康熙心腹重臣、权倾东南的曹寅来说,收到礼物一事实属平常。大部分时候,收下礼单、清点礼品和回赠相应礼物的工作,都无须自己花费心思,只要交给曹府上的几位管家负责即可。在几十年之后问世的《红楼梦》中,我们非常熟悉类似的场景。

但是这一次,曹寅却很是看重这份礼物,甚至还特意泼墨挥毫,作了一首长诗,来纪念这次收到的礼物。只因为,无论是送礼者的身份,还是所送的礼物,都有些不寻常。

这首长诗,便是收录在曹寅《楝亭集》中的《砚山歌》:

> 泗滨浮磬久不采,真阳贡石闻前明。云根镂镵脱斧锯,百年拳块藏真形。镵山云自樵夫得,褐裹入市易斗升。泰西郭髯持赠我,十砚陪列如排星。按图绝似小岱岳,背腹浑厚无锋棱。胡桃纹深卧沙远,中函圭窦通空灵。雨晨微润浅苍色,犀椎试扣生铜声。晏然股脚妙趺坐,画师奇澹愁天成。平生身外寡长物,龃龉却扫当风棂。独此移人胜珠玉,恐缩大地浮蓬瀛。襄阳牙侩笑齿冷,仇池梦觉归青冥。雄文谁能压百怪,墨海洒浪飞烟惊。束锦重提待好手,品跋转忆云间生。

赠礼者谁? 一位"泰西郭髯"是也,他无疑是一位康熙年间来华的欧洲传教士。检点相关典籍,可以发现这位长着一部大胡子,取了汉姓

红葉題情情御溝當時叮囑向西流
無端東下人間去却使君王不信絲
　唐寅

唐寅《红叶题诗仕女图》，以山形的珊瑚为笔架，也是明清流行的风气

清代红珊瑚笔架实物

郭氏的传教士，很可能就是来自法国的天主教传教士郭中传（Jean Alexis de Gollet），其人在康熙三十九年（1700）来华，次年即赴浙江宁波传教。三年后，郭中传前来拜访东南重臣曹寅并赠予礼品，无疑是出于润滑教会与中华高级官僚之间关系的一种积极的社交需要。

有趣的是，西洋人郭中传送给中国官员曹寅的礼物，既不是当时为国人视为罕物（几十年后到了《红楼梦》的时代依然如此）的打簧表、自鸣钟等西洋物件，也不是利玛窦式的《坤舆万国全图》，而是一件纯纯粹粹代表中国文人趣味的文房用具——砚山。其中东海西海，物见人心，三百年前东西方文化交流史中的这个细节，实在值得我们玩味再三。

何为砚山？山形之砚是也，砚之一种。依石之天然形状，中凿为砚，刻石为山，砚附于山，故称"砚山"。砚山实为供欣赏的假山盆景与供实用的磨墨砚台的共生。中国文化中，对自然山水的欣赏本就有一种特殊的钟爱，《论语》中先圣"仁者乐山，智者乐水"之语，更为这种趣味化的赏鉴背书了一层安全的儒家主流意识形态。

而当游屐不兴，不能亲身至于山中之时，文士们便以各种方法，将一爿缩小的山水引来身际。较豪阔者，在自家的花园中凿池引水，运石叠山，兴起明清时私家园林的一派精美。但此种举措，非有力者不能办，即使等而下之，来个缩小版的园林山水，譬如仅仅是在后院中立一块太湖石或灵璧石吧，那费用也是可观的。对于更多身居寒素的文士来说，对山水之境的玩赏与渴望，不如将其浓缩在几案之间，才是件更具性价比的事情。

于是不难理解，为什么有那么多的文房用品，会不约而同模拟山水的形态：譬如以天然石纹理取胜的砚屏、山形的笔搁笔架、山形的镇纸，在砚台的造型中，将砚池加工成一方池水粼粼，佐以鱼、龙、蛙、水牛等种种近水之物，亦是常见的选择。

砚山的出现，正反映了这种对案头山水的喜好。

对湖石的爱好与赏鉴，始于唐，而最早见于文献记载的砚山亦在此时出现。晚唐时江南诗人皮日休曾送给友人魏璞五件礼物：一艘长两丈宽三尺的钓鱼船，装上布篷以遮雨，称之为五泻舟；一支天台手杖，称华顶杖；一方龟头山叠石砚，称太湖砚；一把桐庐产的养和（靠背椅），称乌龙养和；一个南海鲨鱼壳做的酒樽，称诃陵樽。五件礼物都是以助诗兴的雅物，皮日休和好友陆龟蒙都为这五件礼物写了组诗《五贶诗》，其中二人咏太湖砚的诗分别为：

求于花石间，怪状乃天然。中莹五寸剑，外差千叠莲。月融还似洗，云湿便堪研。寄与先生后，应添内外篇。

——皮日休

谁截小秋滩，闲窥四绪宽。绕为千嶂远，深置一潭寒。坐久云应出，诗成墨未干。不知新博物，何处拟重刊。

——陆龟蒙

两首诗都赞美此砚群山层叠的形制，和此砚的特殊造型对激发使用者创作灵感的功用。皮日休的赠砚今日早已湮灭无闻，不过同时期的唐代砚山，却颇有传世之物。比如藏于北京故宫博物院的那件唐十二峰陶砚，系细灰陶质，中部为不规则圆形，下有叠石状三足，上有十二峰耸列。层峦叠嶂，见于尺寸之间。若是中部注入砚水，则当清清一泓。正是皮陆二人诗中"中莹五寸剑，外差千叠莲""绕为千嶂远，深置一潭寒"的现实写照。此砚在五十年代入藏故宫时曾被误定为汉代陶砚，几十年后才又被重新裁定为唐代制品。无独有偶，2009年在西安原唐代西市遗址

故宫藏十二峰陶砚

中也发掘出两件类似的陶质砚山,虽然精美程度不足以和故宫所藏相比,但却更加有力地证明了此种山形砚台在彼时的流行。

只是陶制的砚山,到底赖于人力的塑形。若是用天然石材制成的砚山,以石材的本来面目形成山峦,则自然之趣自当更浓。

虽然明代高濂的《遵生八笺》中说:"砚山始自米南宫,以南唐宝石为之,图载《辍耕录》,后即效之,不知此石存否?"把米芾视为砚山的发明者,但见于文献记载的此种砚山风气,始于南唐。那位风流倜傥的南唐后主李煜,虽不善治国,却长于一派的风流巧思,不仅其词作名垂千古,在文房用品的制作上,也是彪炳千秋。宋李之彦在其《砚谱》中说:"李后主留意笔札,所用澄心堂纸、李廷珪墨、龙尾石砚,三者为天下之冠。"李氏曾设砚务官,专为宫廷采石制砚。在中国文房史上名声最显的两座砚山,均出自南唐宫廷。

两座砚山,其一被后世称为海岳庵砚山。宋蔡京幼子蔡绦《铁围山丛谈》记:"江南李氏后主宝一研(同"砚")山,径长才逾咫,前耸三十六峰,皆大犹手指,左右引两阜陂陀,而中凿为研。及江南国破,研山因流转数士人家,为米元章得。"这座砚山是灵璧石材质,被米芾收藏后,后与苏仲容交换了镇江甘露寺的海岳庵,并因此而得名。米芾且有别砚山诗云:"研山不复见,哦诗徒叹息。惟有玉蟾蜍,向余频泪滴。"诗中的玉蟾蜍乃是指玉质蟾蜍形砚滴,将砚水之滴,比喻成蟾蜍泪滴,是个很巧妙的构思。

另外一座被后人称为宝晋斋砚山,米芾对此砚山宝爱非常,特意以南唐李氏王室所制澄心堂纸书一铭文,其文为:

研山铭:五色水,浮昆仑。潭在顶,出黑云。挂龙怪,烁电痕。下震霆,泽厚坤。极变化,阖道门。宝晋山前轩书。

除此之外,米芾还生怕文字不能尽显此座砚山之美,更以工笔描摹了砚山全图,篆书题款:"宝晋斋研山图。不假雕饰,浑然天成。"并用隶书标明:"华盖峰,月岩,方坛,翠峦,玉笋,上洞口,下洞三折通上洞,予尝神游于其间,龙池,遇天欲雨则津润,滴水小许在池内,经句不竭。"从此,宝晋斋砚山的美,以文字和图画的双重姿态,流转世间。

因为宝晋斋砚山和海岳庵砚山同出南唐宫廷,同入米芾之手,又同在米芾生前即转手他人。所以后世关于两座砚山的记载,经常出现缠绕不清、张冠李戴的现象。两座砚山在千余年的典籍记载中浮沉不定,只留下吉光片羽般的片断身影。我们只能约略知道,海岳庵砚山被米芾换给苏氏后,遂入宋内府,后又归天台戴运使觉民,元时归大都太乙崇福宫张真人;宝晋斋砚山则先被米芾换给同为书法家的薛绍彭,后来到了明代时先归新安许文穆,后归秀水朱氏。到了清初,此砚山为朱氏子孙之一的著名词人朱彝尊继承。

今朱彝尊《曝书亭集》中,有与友人周篆所联句的《宝晋斋砚山》诗一首:

有石产京岘,近在龙目湾。周篆。外史火正后,爱好怡情颜。

研山銘　米芾　真跡　日本
鑒定委員會

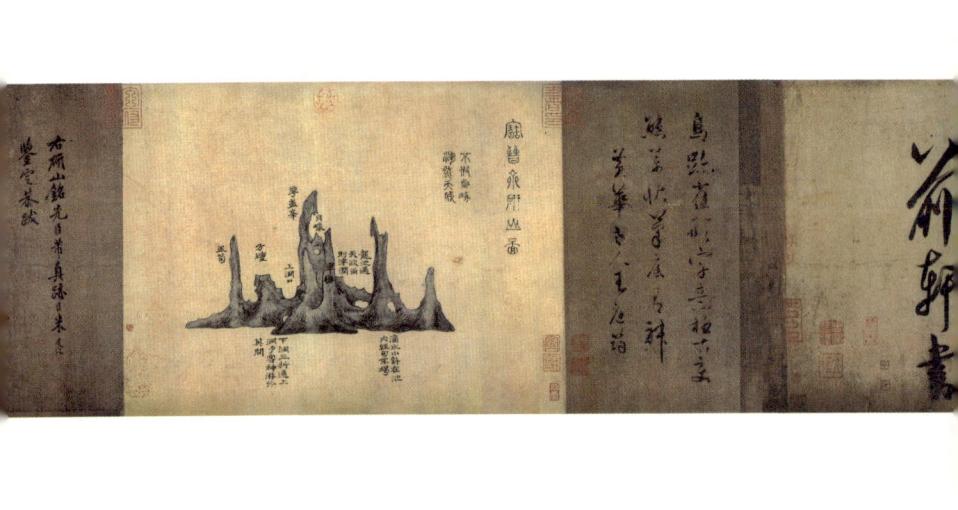

廊廟乘間

不假雕飾
謹賀来賊

五色珣潤
如玉在石

芾書

華蓋峰
方壇
巫山
龍池

滴水小許在池
内經久不竭
下洞三折通
上洞予嘗神遊

芾軒書

米芾《研山铭》图卷(局部),除了米芾的字迹,还有米芾之子米友仁的行书题识"右研山铭,先臣芾真迹,臣米友仁鉴定恭跋",及米芾外甥金代王庭筠题跋"鸟迹雀形,字意极古,变态万状,笔底有神,黄华老人王庭筠"。

彝尊。棱分岩穴岫，垢洗黄朱斑。筼。俄看千仞峰，势拔方寸间。

彝尊。亭亭华盖倚，隐隐却月弯。筼。冈峦各殊状，一一相回环。

彝尊。其下陷深窐，仿佛龙所寰。筼。有时风雨至，大小青来还。

彝尊。玩物不在多，对此形神娴。筼。以之易园庐，胜绝临江关。

彝尊。观其赋诗意，犹自心偏悭。筼。年深异显晦，幸未委榛菅。

彝尊。君家藏四叶，冷光古益黰。筼。且以娱寂寞，岂复论铢锾。

彝尊。举世重黄白，孰营几上山。筼。好语玉蟾蜍，勿用清泪潸。

彝尊。

因为联句的双方一位是砚山的持有者，一位是友人，所以在全诗的情感基调中，由衷的赞美和克制性的谦逊交替着出现，呈现出有趣的联句诗中特有的情感波动的景象。虽然周筼的诗中说"举世重黄白，孰营几上山"，但实际上，自宋以来，文人对砚山的重视不在少数，在明清更流行一时，高濂《遵生八笺》里说："有伪为者，将旧砖雕镂如宝晋斋式，用锥凿成天生纹片，用芡实浸水煮如墨色，持以愚人，每得重价。然以刀刮石底，砖质即露。有等好事者，以新应石、肇庆石、燕石加以斧凿修琢岩窦，摩弄莹滑，名曰砚山，观亦可爱。"一时风气所及，连山寨品都出来了。

朱彝尊收藏的这件砚山，屡屡见于清初士人的题咏，比如渔洋先生王士禛的这首长诗：

米海岳砚山歌为朱竹垞翰林赋

海岳砚山不可见，人间空说砚山图。砚山之图亦遭毁，云烟过眼徒嗟吁。宣和艮岳已尘劫，矧乃片石轻锱铢。永嘉流落几百载，昭陵玉匣今亦无。讵知神物有呵护，星芒夜隙三天都。太平宰相盛文物，宝此何啻千璠玙。石初藏许文穆家，后归朱文恪。古藤书屋花未放，

明·项元汴撰《历代名瓷图谱》（英译本）之"宋官窑高峰砚山"

主人爱客招吾徒。眼中突兀忽见此，乍疑几席罗衡巫。壶中九华那足拟，仇池枉用夸髯苏。三茅地肺互钩带，二华云气相萦纡。蛟龙屈蟠待雷雨，仙灵仿佛回骈车。华盖一峰独秀拔，宛插玉笏翘犀株。翠峦玉笋左右列，腄尻股脚相攲扶。上洞下洞冈曲折，潜通小有涵空虚。龙池幽窈验雨候，颇疑中有骊龙珠。峰独者蜀属者峄，上泉有坍下有潆。坐客摩挲三叹息，苍然古色生眉须。海岳之庵书画舫，几伴此老浮江湖。巧偷豪夺历千劫，阅尽春秋如蟪蛄。翰林好事过颠米，日餐蛾绿忘饥劬。沧江夜夜虹贯月，莫令光怪惊菰芦。

（传）宝晋斋砚山（北京文博学院藏）

和王士禛通常擅长的空灵写意的"神韵"诗风不同，这首诗非常地险与涩，似乎不如此堆砌用典，就配不上这件负载有如此文化意义的文房古玩。

2002年，中国文物局委托单位以2999万元的天价，拍回米芾《研山铭》，然而不久即有人指出此铭实为赝品，八年后，北京文博学院宣布在保利拍卖会上拍得的一枚石山子即为米芾宝晋斋砚山。而对这两件珍宝真伪的争辩，从传统媒体到网络媒体，亦沸沸扬扬，莫衷一是。

如果米芾和曹寅知道，他们手头把玩的一枚砚山，竟然在后世价比连城，引发这样的争辩，他们会不会哑然一笑？

● 砚暖墨香

十一月到了,北风呼呼地吹着,砚台里的墨汁结冰啦,村里的娃娃们该进书房了,诵读《孝经》和《论语》。转年到了正月,天气回暖了,砚台里的冰化冻啦,书房里该换内容了,要背九九乘法表,还要背朗朗上口的《急就篇》……

这是见于汉代崔寔《四民月令》里的汉代儿童教育制度,像那个时代的许多其他社会活动一样,学生结束寒假和开学的日期,更换教材的日期,都是以节候风物的变化为标记,以上应天时,下顺人事。比起今天教学日历上冷冰冰的阿拉伯数字日期来,以砚台中墨汁的凝冻与消融为期,似乎更多一种生活的温情和质感。

在《四民月令》里读到"砚冰冻""砚冰释"这样的字眼,说的虽是近两千年前东汉时的事儿,于我却有一种源于日常的亲切。我生长于江淮之间,地有寒冬,室无暖气,一到朔冬时节,教室外天寒地冻,教室内地冻天寒。中学语文课上学宋濂的《送东阳马生序》,读到"天大寒,砚冰坚,手指不可屈伸,弗之怠"几句,真想仰天长啸:这不是我辈中学生冬天做作业时活生生的写照么?而太子师宋老先生谆谆告诫后辈小子"我们当年那么苦都好好学习,你们现在生长蜜罐中为什么不用功"的口吻,也和当年我们那位中学教导主任神似。

"冬者岁之余",在农业社会里,田空场尽,农事都了的漫漫长冬,正是读书的好时节。但天气一冷,砚台里的墨便会结冰。以我的经验,室内温度降到零下五度,砚台里的墨汁就开始渐渐稠密,细碎的冰晶裹住笔锋,最终笔头和墨汁都变成硬邦邦的一块,不堪使用了。

砚中墨汁成冰，是地不分南北（特别温暖的岭南除外），时不分古今的读书人的共同烦恼。唐人姚合诗："梦觉空堂月，诗成满砚冰。"（《武功县中作》）是说自己诗作得慢，一首诗吟成，砚台里的墨汁早已结冰。陆游《书房杂书》："夜房侵户月，晨砚满池冰。"是写书房里的冬日风光。贾岛看见砚台里结冰了，恍觉时光飞逝，想起老朋友："砚冰催腊日，山雀到贫居。"（《重与彭兵曹》）而翰林公吴融《和诸学士秋夕禁直偶雪》里"砚冰忧诏急，灯烬惜更残"一句，明面上抱怨着下雪天砚台结冰的小烦恼，暗地里却是显摆炫耀着自己能够值日禁中，替天子草诏的近臣身份。

所以，自有笔墨以来，人们一直在发明着各种各样的办法，对付着冬日砚台里的坚冰。

最直接也是最简便的办法，便是呵。呵上几口，写几个字，要是所写的不是什么十万火急的军书急件，这个看起来很麻烦的动作也可以无聊到富有诗意。周密《齐天乐》词："砚冻凝华，香寒散雾，呵笔慵题新句。"砚冻呵笔的细节在词人看来竟如此富有美感，无他，盖词人正身为"长安倦旅"耳。

要是呵笔不劳文士本人，而是由身边的美人代劳，檀口与黑墨相映，脂粉香与墨香齐发，那这个呵笔的场景，更是诗意至极。清代董毂士所编《古今类传》，与冬季相关的类典里就有一条是"宫嫔呵笔"："《唐书》：李白于便殿对明皇撰诏诰，时十月大寒笔冻，帝敕宫娥数人侍左右，呵笔以书。"然而无论是《新唐书》还是《旧唐书》的李白传，都没有所谓宫娥呵笔之事。所谓李太白替明皇草诏的记载，更多来源于类似"三言"中《李谪仙醉草吓蛮书》之类的小说和戏曲故事。这则美人呵笔的具体细节，系来源于五代人编的《开元天宝遗事》。这则虚构的逸事，被明清类书如《夜航船》之类再三转载，因为在后世文人看来，替天子草诏，有宫娥呵笔，文人一生的光荣与梦想，便无过于此了吧。

清·苏六朋《清平调图》,绘唐天宝年间,玄宗召李白作《清平调》的故事,一旁侍奉的宫娥众多,但她们是否曾为李白呵笔,就不得而知了。

实际上呵笔化冻的效果并不好，《老残游记》里，老残在黄河边的旅店向壁题诗，侑酒的歌妓翠环巧外慧中，"恐怕砚上墨冻，不住的呵，那笔上还是裹了细冰，笔头越写越肥"。这也是一种"美人呵笔"了，写的却是有意现实的一派冰冷。

另一个办法，是在砚台中铺上在春日里搜集晾干的杨花，杨花的纤维破坏了墨汁表面的膜，能够延缓砚中生冻的速度。"点点杨花入砚池"（宋·叶采《暮春即事》），在寒冷的严冬，砚池中的杨花，会使人生出春日已至的错觉，所以，用来铺砚台的干杨花，便有了个春意盎然的名字，叫作"文房春风膏"（蒲松龄《家政类编》）。

还有一种防冻的办法，便是用水之外的液体磨墨，来改变墨汁的凝固点，早在《西京杂记》里便有这样的记载：

汉制，天子玉几，冬则加绨锦其上，谓之绨几。以象牙为火笼，笼上皆散华文。后宫则五色绫文。以酒为书滴，取其不冰。以玉为砚，亦取其不冰。

《西京杂记》一般认为是杂撮汉魏六朝逸史而成的伪书，内容多有夸张至荒诞之处。但这里写汉代宫中防砚冻的法子，倒是并不夸张。玉在一般人心目中有着冬暖夏凉的特质，以玉为砚，想来在冬天也会推迟结冰吧？用酒磨墨，当是古人自生活中而来的智慧。一直到晚清科场，都有读书人拿烧酒兑入墨汁中来防冻的习惯。但酒入墨中，字色发白。清代人唐秉钧在《文房肆考图说》卷八中提供另外几条考场防冻妙招：

天气严寒，点水即冻，考期遇之，砚上堆冰，如何作文誊卷？即盐汤烧酒，冷极亦冻，况烧酒性不和墨，书字白色，不堪悦目。

盐汤当时落笔易沸污卷，日后发潮作烂，惟石灰泡汤，可以免冻，或预磨墨汁，以管装悬怀中，入场临用时，再以研细煅黑之盐，抄少许于砚，然后滴汁。仍以墨锭磨浓用之。然皆坏笔损砚，莫若以栗子一斤煎浓汤，盛注藏怀，用以磨墨，不至即冻，色又光润颇佳，供奉内廷及军机处行走大人，往往用此。

用石灰水，用食盐，用栗子煎煮出的水，都是为了改变墨汁的凝固点。之所以这么麻烦，还是因为考场里条件简陋，没法实施最有效的砚台防冻法——火烘。

"背日收窗雪，开炉释砚冰"（唐·周贺《冬日山居思乡》）。用火来烘烤砚台，文雅点可叫作"炙砚"，这一由来，几乎和砚台的诞生同步。早在三国时，便有魏国良吏颜斐让百姓交租时，"车牛各因便致薪两束，为冬寒冰炙笔砚"的记载。所交来的柴薪，是供官学里的学生冬日炙砚，一心向学之用的，如此一来，当地"风化大行，吏不烦民，民不求吏"。社会风气春风化雨式的改善，竟源于如此微小的一项政令。

从魏晋至唐，陶砚、澄泥砚是砚的主流，这两种材质都耐得烘烤——本身就是自烈焰中来的嘛。到了宋代之后，端石砚开始流行。端石价格高昂，质地却又柔腻细嫩，日常使用，尚需时时洗涤，保持湿度，哪能耐得住火的熏炙？所以古代文人一般

明代铁制暖砚

到了冬天,要暂舍端砚,另寻他种材质的砚台使用,明人项元汴《蕉窗九录》"砚录"之六"冬月砚"条即云:

> 冬天严寒,不可用佳砚。得青州熟铁砚,可以敌冻。炙砚须用四脚挣炉架火砚上,微微逼之,或用砚炉亦可。

除了熟铁,铜、锡等金属材质也是冬季用砚的首选,清人阮葵生《茶余客话·教习学士供给》:"教习学士到馆,旧例行工部给公座桌椅、锡砚、笔架、铜炙砚等项。"工部供给新任教习学士们的这些办公用品,图的是个实用。北京冬季气候寒冷,铜、锡做成的砚台,冬季可直接放在火架上架在火盆或炉子上烘烤。虽不如端砚那样可堪把玩,但却是结实耐用之物。

炙砚可以直接将砚架在火上烘烤,讲究点的,则有专门的砚炉。明人高濂在《遵生八笺》里记过他得到的一具古铜砚炉,"长可一尺二寸,阔七寸,左稍低,铸方孔透火炙砚;中一寸许稍下,用以暖墨搁笔;右方置一茶壶,可茶可酒,以供长夜客谈。其铭曰:'蕴离火于坤德兮,回春阳于坚冰。释淘泓冻凌兮,沐清沘于管城。'是以三冬之业,不可一日无此于灯檠间也。"

这具砚炉兼有炙砚、搁笔墨、暖茶的功效,一物多用。冬日吟诗作文,如有暖酒热茶在侧,一盏在手,当更助文思飞扬。其设计之人性化,很值得今日的家居设计者参考。

清代另出现一种自带炭炉的暖砚,一般是砚台下附有金属制砚匣,形如小抽屉,内盛炭火,可抽出添炭除灰。这种暖砚一般为金属制品,材质有铁、铜、银等。当时,原产东北的松花石被发现是制砚良材,又是来自满清的龙兴之地,因此受到宫廷的喜爱。松花石质坚耐烘烤,往

清宫旧藏松花石暖砚　　　　　清乾隆铜胎掐丝珐琅龙纹暖砚匣

往被制成暖砚，宫中所用，下配的砚匣，或掐丝珐琅，或银烧蓝，镂金织锦，无比华丽。

下有炭火烘烤，砚中墨汁自无冰冻之虞，但却新添干涸之弊。唐秉钧在《文房肆考图说》里介绍了一种他父亲自己设计的三层式暖砚：

> 冬月严寒砚冻，市肆俱用锡造笔筒形，下置油盏点火，上面研墨。或有陶窑造成瓦器。一则烟煤秽浊，沾案及手，二则火烘水干，非文房可用之物。余家严令锡工制造三层砚，上层四面钩镶，中央用薄端石，以便磨墨，砚之高处，作锡池贮水。下层无底虚中，可置小炉一个，贮炭常暖。其中间一层，多积热水，令水气上蒸常湿，砚墨不即干燥，真是佳制。

有了水汽的氤氲，固然墨不易干，就是娇嫩的端石也能耐得住火的熏炙了。文士对于自己日常使用的文房用品的讲究，真是精神性命之所系。

古诗中咏及砚冻的诗句很多，而咏炙砚的诗篇却很少。袁枚的《随园诗话》里录了一首南京秀才金绍鹏的《炙砚》诗：

冻合端溪冷倩烘，炙来欣趁暖炉红。烟云气吐阳春外，铁石心回方寸中。冰释恰如苏地脉，笔耕才得展田功。更夸文阵通兵法，即墨城坚仗火攻。

随园老人好誉时人诗，其实本诗就艺术来说，文气板滞，并不算佳，当不起袁枚"诗才清妙"的考语。但是就题材而言，这样的诗，却是清代文人书斋生活最真实活现的展示。

莫使浮埃度——砚屏

"碧栏杆外绣帘垂,猩色屏风画折枝"(《已凉》),在唐人韩偓的这首香奁诗中,一架颇为豪华的室内屏风,遮断了读者向内室中的浓浓春意窥视的目光,同时也引发了更多的欲望和想象。

许慎在《说文解字》中说:"屏,蔽也。"但屏风一物,所发挥的功能,已远远超过简单的遮蔽。在古人的居室中,屏风是一个相当重要的角色。各种围屏、立屏、枕屏、床屏、炕屏,组成庞大的屏风家族,担任着或遮蔽风日,或隔绝出各种室内独立活动空间的功能。其"舍则潜避,用则设张"(东汉·李尤《屏风铭》)的可随时收纳功能,又提供了其他家具未曾有的铺设便利。而屏风上的各种绘画、镶嵌等装饰,又使得屏风在实用之外,还成为一项重要的室内装饰物。砚屏,就是屏风家族中最为袖珍的一个成员。

砚屏,顾名思义,是摆放在砚台边上的屏风。其形制一般为单扇,和炕屏的形制很相像,只是更加具体而微。砚屏的作用,照马未都先生的说法,是放在砚台一侧,防止磨出的墨很快就被风吹干。只是这种"实用性",细细想来,委实小得可怜:书房中晴窗静室,哪来的猎猎飓风,

《甲申十同年图》(明弘治十六年绘)

《甲申十同年图》局部。作为文臣集体画像的点缀品,出现了炉瓶三事、砚屏、书籍与插花。有趣的是砚台反而没有出现。

扬天黄尘?说回来,若真的风尘如许,那小小的一方砚屏,又能起到多大遮蔽的效果呢?

所以,像许多在后世才出现的文房用品一样,砚屏的存在,与其说是出于书法时的实际需要,不如说是用来满足文人的清玩之趣味。

从已知的文献资料来看,砚屏的出现是在北宋中期。宋人赵希鹄在《洞天清录》中载有砚屏数条,其中一条云:

古有砚屏,或铭砚,多镌于砚之底与侧,自东坡山谷始作砚屏,既勒铭于砚,又刻于屏以表而出之。山谷有乌石砚屏,今在婺州义乌一士夫家,南康军乌石,盖乌石坚耐,它石不可用也。

赵希鹄说砚屏始于苏轼和黄庭坚,大概是因为苏轼曾送给友人范纯父一方涵星砚台,和一方月石砚屏,二人互有答谢和酬赠的诗。黄庭坚诗中也有"小儿骨相能文字,乞与班班作砚屏"之句(《谢益修四弟送石屏》)。其实宋人诗中咏砚屏者不乏其人,而文士唱酬,往往由此物生发。

宋代文学史上最有名的一次由砚屏引发的诗歌热潮,乃出于欧阳修的珍藏。庆历八年,欧阳修从虢州刺史张景山处得到一块上有天然树枝

花纹的紫色佳石,如获至宝,不仅作诗,更特意作文以记之,文曰:

> 张景山在虢州时,命治石桥。小版一石,中有月形,石色紫而月白,月中有树森森然,其文黑而枝叶老劲,虽世之工画者不能为,盖奇物也。景山南谪,留以遗予。予念此石古所未有,欲但书事,则惧不为信,因令善画工来摹写以为图。子美见之,当爱叹也。其月满西旁微有不满处,正如十三四时。其树横生,一枝外出。皆其实如此,不敢增损,贵可信也。
>
> ——《月石砚屏歌序》

此文写得平易流畅,正是典型的欧氏文风。但同时而作的《月石砚屏歌寄苏子美》一诗,却写得笔势夭跃,豪放纵横:

> 月从海底来,行上天东南。正当天中时,下照千丈潭。潭心无风月不动,倒影射入紫石岩。月光水洁石莹净,感此阴魄来中潜。自从月入此石中,天有两曜分为三。清光万古不磨灭,天地至宝难藏缄。天公呼雷公,夜持巨斧劖嶃岩。劖此一片落千仞,皎然寒镜在玉奁。虾蟆白兔走天上,空留桂影犹杉杉。景山得之惜不得,赠我意与千金兼。自云每到月满时,石在暗室光出檐。大哉天地间,怪物难悉谈。嗟予不度量,每事思穷探。欲将两耳目所及,而与造化争毫纤。煌煌三辰行,日月尤尊严。若令下与物为比,扰扰万类将谁瞻。不然此石竟何物,有口欲说嗟如钳。吾奇苏子胸,罗列万象中包含。不惟胸宽胆亦大,屡出言语惊愚凡。自吾得此石,未见苏子心怀惭。不经老匠先指诀,有手谁敢施镌鑱。呼工画石持寄似,幸子留意其无谦。

欧阳修将诗文和这块砚屏的图画一起寄给远在苏州的苏舜钦，苏舜钦回赠《永叔石月屏图》一诗。作为在庆历诗坛上以"豪"闻名的诗人，苏舜钦的答诗中，关于这块石头上花纹的想象，更为奇特：

> 日月行上天，下照万物根。向之生荣背则死，故为万物生死门。东西两交征，昼夜不暂停。胡为虢山石，留此皎月痕常存。桂树散疏阴，有若图画成。永叔得之不能晓，作歌使我穷其原。或疑月入此石中，分此二曜三处明；或云蟾兔好溪山，逃遁出月不可关。浮波穴石恣所乐，嫦娥孤坐初不觉。玉杵夜无声，无物来捣药。嫦娥惊推轮，下天自寻捉。绕地掀江蹋山岳，二物惊奔不复见。留此玉轮之迹在，青壁风雨不可剥。此说亦诡异，予知未精确。物有无情自相感，不间幽微与高邈。……

苏舜钦的诗作构想出一则短小的神话：月亮和月宫中的玉兔，都逃入下界，嫦娥惊觉后，前来寻觅，不料月亮和玉兔都逃入此石中，化为永恒的存在。

无论是苏舜钦的诗还是欧阳修首倡的一诗一文，其主要内容都是对这块砚屏上本身石纹的描述与想象，而并未提及此石作为砚屏的功用，也没有说起这块石屏的尺寸大小。所以，如果光看他们的诗歌，很容易把诗中所咏之物误解成一块巨大的室内石屏风。实际上，由于欧阳修的《月石砚屏歌寄苏子美》一诗又名《紫石屏歌》，颇有当代赏析文字误把这首诗理解成描述室内屏风之作。

反而是他们共同的老朋友梅尧臣为此作的《咏欧阳永叔文石砚屏二首》，两首诗中都明确说到了砚屏的体制和功用，一云"其形方广盈尺间，造化施工常不没。虢州得之自山窟，持作名卿砚傍物"，对砚屏的形状、尺寸大小和用途（放在砚台边上）都说得很明白。另一首诗末尾几句云："山祇与地灵，暗巧不欲露。乃值人所获，裁为文室具。独立笔砚间，莫使浮埃度。"把砚屏挡灰防尘的功用说得更清楚了。

作为欧阳修心爱的一件文房用品，这块带有天然明月桂树花纹的砚屏，后来也被他频频展示给各路友人，同时自然也在宋代诗歌史中收获了更多的相关吟咏。

二十多年后，已经退休闲居在颍州西湖畔的欧阳修，迎来了得意门生苏轼、苏辙兄弟的造访。欧阳修自然又出示了这块砚屏，苏氏兄弟均有诗作。苏辙诗《欧阳公所蓄石屏》平平不佳，乃兄苏轼的一首《欧阳少师令赋所蓄石屏》却成为宋诗中的佼佼佳作。

何人遗公石屏风，上有水墨希微踪。不画长林与巨植，独画峨嵋山西雪岭上万岁不老之孤松。崖崩涧绝可望不可到，孤烟落日相溟濛。含风偃蹇得真态，刻画始信

杨柳青年画《福善余庆》局部。桌屏或曰插屏，是砚屏在淡化实用性后往纯装饰性方向发展的产物。在这幅年画中，置于炕几上的山水画桌屏，和案红高足佛手盘、胆瓶中插的满文折枝花团扇、掸子一起，营造出平民阶层对于富贵生活的美好想象。

天有工。我恐毕宏、韦偃死葬虢山下，骨可朽烂心难穷。神机巧思无所发，化为烟霏沦石中。古来画师非俗士，摹写物象略与诗人同。愿公作诗慰不遇，无使二子含愤泣幽宫。

所咏之物，已有欧阳修、苏舜钦、梅尧臣的几篇诗作珠玉在前，如何翻见工巧？苏轼此诗意奇，语奇，境界更奇，清人汪师韩赞道："长句磊砢，笔力具有虬松屈盘之势，诗自一言至九言，皆源于《三百篇》，此诗'独画峨嵋山西雪岭上万岁不老之孤松'一句十六言，从古诗人所无也。"尚不过赞其句式的大胆创新。纪昀评点《苏文忠公诗集》说："（'我恐毕宏、韦偃死葬虢山下'）借事生波，妙在纯以意运，不是纤巧字句关合，故不失大方。有上四之将无作有，须有此四句（'神机'以下四句），方收束得住。"则是从结构入手赞其巧思。毕宏、韦偃是两位著名唐代画家，皆以画松名世。诗人神驰万里，将砚屏上的树枝花纹想象为二位画

民国磁州窑山水砚屏。展览者将其认定为笔筒，误。这种可插笔的多功能砚屏，被称为笔屏。文震亨在《长物志》卷七中不无鄙夷地称这种多功能笔屏为"亦不雅观……竟废此式可也"，看来实用性和观赏性一旦pk起来，前者是要落了下风的。

家的精魂才思所化成,更进一步设想,让欧阳修作诗来慰藉二位画师孤愤不遇的神灵。在赞美了欧阳修诗才的同时,也暗示了砚屏这件文房用具侍候笔墨之间的特殊功用。

之后,砚屏逐渐成为文房用具中的一员,在宋人词作中,砚屏还常常作为构建典雅家居氛围的一件装饰物而出现:

> 叶叶里。一枝冷浸铜瓶水。铜瓶水。飞英簌簌,砚屏香几。　夜阑雪片敲窗纸。半衾芳梦相料理。相料理。梨花漠漠,江南千里。
>
> ——黎廷瑞《忆秦娥》

> 雪花飞坠。有人报、江南意。博山炉畔,砚屏风里,铜盘寒水。赋得幽香,疏淡数枝相倚。　绛肤黄蕊。另一种、高标致。笛中芳信,岭头春色,不传红紫。寂寞闲亭,月下夜阑影碎。
>
> ——无名氏《品令》

二词均为咏瓶梅之作,格调在宋词中并不算佳。不过两位作者却不约而同地在梅花这一高雅之物出现的背景中添加了砚屏。大概砚屏

明末传奇《燕子笺》的版画插图,案上有砚屏。

所代表的幽幽墨香,和书房趣味,与梅花所蕴含的情趣最为接近吧。

在文学中的反复被书写,促进了本来缺乏实用性的砚屏在书房中的普及度。南宋林洪的《文房图赞》中收文房用具十八种,砚屏不在其列。而在之后不久,出现于宋元之交的罗先登《文房图赞续》中,砚屏便有了一席之地,还被幽默地拟了一个"平侍御"的官称,本则图赞曰:

> 平氏世居天子卧内,录刺史姓名为职。独公平正得大体。观其文石前陈,则有悠然深远意。帝嘉其能,召立端明殿,与石君相先后焉。视其绘女色,置云母者,宁不大相径庭邪?

清·陈书绘《唐太宗屏书刺史》图

此类游戏文字，全效仿韩愈《毛颖传》笔法，妙处在拟人用典，融化无痕。文中所谓"平氏世居天子卧内，录刺史姓名为职"，系用唐太宗书刺史姓名于卧室屏风上，功过记于名下，作为赏罚凭据的典故。对砚屏"平正得大体"的道德称赞，则和东汉李尤《屏风铭》中对屏风"立必端直，处必廉方"的赞语一脉相承。"文石前陈"指砚屏总被放置于砚石之前。"帝嘉其能"数语，则是对砚屏与砚台搭配的一种巧妙的拟人化表述：端明殿学士既是唐宋时的侍从顾问官，职位清贵，同时"石端明"也是林洪的《文房图赞》中给砚台所拟的官职。

《文房图赞续》中所绘制的砚屏图，是三折屏风。但从传世实物来看，绝大多数砚屏是单面屏风。远承北宋风气，其材质以天然石材为多，大抵石材上的天然花纹，宜勾发一种清幽淡远的趣味。至于藏于故宫博物院的一对光绪御用砚屏，纯用羊脂白玉制成，鎏金刻诗，其奢华之气，已远非普通文士书斋所宜了。

写了错字之后

你正在考场中进行一项关系到你前途命运的重要考试,幸而,试卷上的题目并不太难。你心中暗喜,正在文思泉涌下笔如飞之际……

哎呀!一不小心,笔下竟写了一个错字。

好在你早有准备,拿起桌上的文具:橡皮、透明胶带、修正液、修正带……总之,生活在二十一世纪,你有许多方便的好法子,可以轻轻松松纠正自己笔下的那个小错误。假如在进行的是电子化考试,那就更为简单:只需轻点鼠标,略敲键盘,错字之流,便会立即烟消云散。

但是,如果你一不小心,穿越到三百年或者一千多年前的考场中呢?

那写了错字后,麻烦可就大喽。

《墨子·兼爱》篇中说,先王的圣行,需"书于竹帛、镂于金石、琢于盘盂",然后才能"传遗后世子孙者知之"。在纸张成为文字最主要的载体之前,可以用来记载文字的材质,主要就是竹木、帛、青铜与石头,在帛上偶然笔误,只好涂掉;青铜器上铸了错字,只能毁掉重铸;石头上刻错了字眼,大概也只能另起刀笔。方便删改的,只有竹简和木简。

在简牍上写了错字,要修改。用的是名为"削"的一把小型弯刀。

削,又称"书刀",汉代刘熙《释名》:"书刀,给书简札有所刊削之刀也。"这是一种金属制的

青铜环首书刀

细长小刀，先秦时多为青铜制品，汉代铸铁业发达后出现铁制。一般是刀刃窄而薄，有长长的柄，柄端为一圆环，可系带。为了方便使用，"削"的刀身有一定的弧度，《周礼·考工记·筑氏》："筑氏为削，长尺，博寸，合六而成规。欲新而无穷，敝尽而无恶。"按"长尺"指刀的长度为一周尺，约合今日二十厘米左右。"合六而成规"，说的是削刀的曲度。刀长一尺，以六尺为圆周，其半径为九寸五分五厘，刀的弧度为六十度。这样的设计，大抵符合人体工程学。

上古时期物力艰难，即使是最廉价的竹木简也来之不易，所以古人绝少浪费。削不仅可以改正偶然的错字，还可以将写废的竹木简"再加工"一番，进行二次书写。今藏上海博物馆的战国竹书简中，其中《慎子曰恭俭》简一章，就是整篇写在被削过的竹简上。今日我们阅读此简，面对着上面的砍削痕，不由得会油然兴叹，对古人的勤俭惜物充满敬意。

从先秦到魏晋，削和笔、墨、简牍一样，是文房用具的"标配"。削尾的圆环，可以系带，以供系在腰间，随时使用。山东沂南发掘的一座汉代石墓中，墓内东西壁各有一副簪笔人物图，其中西壁图中人物捧簿册而拜，头戴进贤冠，冠侧簪笔，腰间正挂着一枚带圆环的"削"。一副恭谨勤勉的汉代底层公务员模样。

削既为近身日常之物，工艺美术便也在窄窄的刀身上找到了挥洒的空间。《汉书音义》晋灼注《汉书》第八十九卷，有"旧时蜀郡工官作金马书

汉错金铁书刀（中国国家博物馆藏品）

刀者,似佩刀形,金错其拊"的记载。拊意为"柄",金马书刀"金错其拊",就是说在削的刀柄上用错金法,嵌入用细细金丝构成的马形图案。这种工艺,在秦汉时曾盛极一时。1925年,洛阳出土过一件书刀残件,则是在刀身上用错金法,设计一只扬蹄飞驰的骏马。

在今日的考古发掘中,有不少实物的"削"出土。大部分形制素朴,不过也有特别豪华的,比如出土于鼎鼎大名的曾侯乙墓的四把铜削,虽大小形制相近,但其中的一件,竟有玉质的方形环纽,纽的两面,满雕卷云纹。柄尾则做成龙头状,上面镶有名贵的绿松石。这样的一把楚风十足的豪华版削,很可能是墓主人曾侯乙的"御用"物品。

用来改错字的削,一般是平平淡淡,没什么故事。不过偶尔,削也会在某些富有戏剧性的场面里,露一把脸。

《左传·襄公二十七年》里记载了这样一个故事,宋平公三十年,宋国的左师向戌,弭除了齐楚秦晋诸强国之间的战争,使诸国在宋国结盟。向戌自觉劳苦功高,向宋平公请赏,要求"请免死之邑"。宋平公赏了向戌六十邑,却又觉得不对味,发信去问当时主持国政的司城子罕的意见。子罕说了一通大道理,原来在他看来,向戌是用忽悠的手段去对付诸侯们,不仅无功,而且有过,不处罚已是侥幸,怎么还敢来请巨赏?子罕怒气冲冲,竟将宋平公询事的简"削而投之"。

这个故事,好比今日公司里,你向 Boss 提交一份加薪申请,Boss 转发副 Boss 讨论,而副 Boss 竟然将你的加薪申请丢进了碎纸机!你还有勇气申辩抗议吗?向戌很是乖觉,见此状,乖乖地辞谢了平公赏赐的六十邑。

削除了用来改错,砍信,还可以切切水果。《晏子春秋·内篇杂下》:"景公使晏子于楚,楚王进橘置削。"总之,这把拴在士人衣带上的小刀,有点像今天钥匙扣上的瑞士军刀,轻巧,方便,多功能。

到了汉代之后，随着造纸术的发达，轻盈柔软的纸张，逐渐代替了竹木简在书法界的地位。削也逐渐退出了历史舞台，前文所引汉代刘熙《释名》释"书刀"一词，就犯下了将其列入《释兵》类的错误，文士的小刀，居然和武将的长枪巨戟并列了。而传世的书刀，也成为一种把玩之物，明文震亨《长物志》中《裁刀》条云："有古刀笔，青绿裹身，上尖下圆，长仅尺许。古人杀青为书，故用此物，今仅可供玩，非利用也。"那时候的书房里，已经流行用日本进口的倭刀来裁纸了。

于是，新的改错字手段，便悄然而生。

如果说用"削"改字，是靠除去材质的表层来消灭字迹，是"橡皮派"或"透明胶带派"的风格，那么，在"削"之后，就开始流行"修正液"派的改字秘宝——雌黄。

上古时期的纸张，很少是白色。因为彼时造纸的原料，主要来自麻和藤，另外还常将纸张染色，以防虫蛀，以饰美观。出现于汉代的"赫蹏"，按照注《汉书》的孟康的说法，是一种染色的红纸。黄色纸张在公元三世纪开始运用。汉代皇太子初拜时，天子赏赐赤纸、缥红麻纸各一百张。

从汉代开始，黄色纸张流行了好几个世纪，直到唐代达到顶峰。唐代的纸张中，颜色较浅的白麻纸，因为其珍贵，仅用于翰林学士起草敕书、建储、大诛讨及拜免将相等重要的诏书。大部分时候，纸张都是由黄至褐之间的颜色。有的如著名的硬黄纸，还在抄纸时另外涂上用以防蛀防水的黄檗树汁，这样，纸张的颜色就更深了。

雌黄本是一种矿物，一般为橘黄色。雌黄不溶于水，需先将矿石研成粉末，用树胶调和，干燥成小棍状。使用时，将雌黄棒加水研磨成汁，再涂抹在纸上。黄褐色的纸张，用雌黄涂抹，可以非常方便地覆盖掉纸上的墨迹。至北宋时，沈括还在《梦溪笔谈》里称赞雌黄是最佳改错法："馆阁新书净本有误书处，以雌黄涂之。尝校改字之法：刮洗则伤纸，纸

不同形态的雌黄矿石

贴之又易脱,粉涂则字不没,涂数遍方能漫灭。唯雌黄一漫则灭,仍久而不脱。古人谓之铅黄,盖用之有素矣。"

改错字要用雌黄,修正文献也要用雌黄。北齐颜之推的《颜氏家训》中《勉学》篇说:"校定书籍,亦何容易。自扬雄、刘向方称此职耳。观天下书未遍,不得妄下雌黄。"于是引申开来,雌黄又有了评论文艺的含意,《梁书·任昉传》里引刘孝标《广绝交论》,说任昉擅长赞美他人文才,是"雌黄出其唇吻,朱紫由其月旦。"当然中国文化倡内敛含蓄,老是口中评点别人的人,常被主流文化侧目而视,所以"信口雌黄"一词,后世竟成贬义。

到了明清时期,随着纸张制造技术的进步,造纸的材质发生了很大的改变,棉纸和宣纸开始大行其道,纸张的洁白度也随着技术改良越来越高。比如明代的开花纸、白棉纸,即使是今日看来,数百年的光阴缓缓流过,依然当得起"纸白如玉"的盛誉。

在愈来愈白的纸张面前,雌黄逐渐失去了市场。改错字,正变得愈来愈麻烦。于是深受其扰的文士们,开始互相传抄一些神秘的修正液配方。

晚明方以智的《物理小识》里载有一条《洗误字法》:

宋久夫云,蔓荆子二钱,龙骨一钱,柏子五分,白丁香十条,定粉少许,俱为细末,点水于字上,取药糁之,少顷拂去。一方雁粪白、马珂螺粉洒之,数洗即去。(中通曰:湿之覆以纸,取玛瑙砑之,则墨自去。防奸者写成后以桐油沁之,则必不可洗补。)

前两个方子,配起来都很麻烦。而且"雁粪白"这样的原料,恐怕也很难轻易得到。方以智之子方中通补充的那一条碾轧法,经笔者亲身试验,毫无效力——要改正的字,经过碾轧,反而变成了黑黑的一团。也许这个方法只有针对蜡笺一类表面另有防水膜的纸张才会起效果吧。

蒲松龄的《家政内编·书斋雅制》里则提供了更多的洗字秘方:

洗字:硇砂、瓦粉、木贼、白龙骨、白石脂、桑柴灰、密陀僧等分,加人言少许为末。先湿字后糁药,熨斗熨之,干即落。又雌黄涂,一漫即灭。

石燕一个,全而不伤者,为细末,涂文中误字,自落。扇头误印,以指擦鼻凹油,擦之一二次即净。

洗字:蔓荆子二钱,龙骨一钱,柏子霜五分,白丁香十条,定粉少许,为末,点水字上,以药糁之,少顷拂去。又菖蒲根、稻谷研细,水调搭字上,候干擦去。又地藁根阴干为末,先以津液湿字,后糁之。

又方:以鸡子去清黄,入白硇三钱,蜡封其孔,令鸡抱之,(月)足取出为细末,每以清水点误字,即以末糁之,候干,扫去药,字即落。

"雌黄涂"一条显是不顾现实,转袭宋代沈括的说法。"蔓荆子"一条与方以智所说全同。其他几种方法，也都麻烦而且可疑，比如说用石燕一个碾成粉末，涂书中误字，自落。看起来比几种药材细称细量要简单多了，可是这最关键的"石燕"，却到哪里去找呢？石燕原是传说中的玩意儿，唐人徐坚《初学记》中引晋代庾仲雍《湘州记》之语，说湘水边的石壁上，有石如燕，"遇风雨即飞，雨止还化为石。"这简直是雀入水化为蛤，鲨鱼上岸变成虎的神话了。更何况蒲松龄还一本正经地说，要一个"全而不伤者"！

既然擦、涂、洗、斫等方法都不是那么容易地能去掉字迹，于是修正错字只剩下最直接的一个办法——挖补。

要挖补一个错字，需先将纸上讹误之处，小心地摘去，再用专门的薄刃挖补刀，将纸洞的四周，细细刮出绒毛。然后用同类纸张裁一小方纸，抹上糨糊，细心贴在纸背后。待候得糨糊略干，再用小熨斗从纸的背面，将其熨平。如果小心操作，挖补的痕迹，从正面看，可以泯灭无痕。但透光一看还是能发现的。

自清代中叶之后，挖补的技术，成了每位文士必备的技能之一。因为自嘉庆道光之后，科举会试，北京城里的翰林詹事大考，考题陈陈相因，试卷更是转袭他人，一派陈词滥调。于是阅卷官的标准，竟变得不重内容，而光重形式。小楷端正与否，卷面是否整洁，甚至墨色是否光润，都关系到考试的结果。在晚清科场中，如果挖补偶然失误，哪怕一篇文章写得再花团锦簇，振聋发聩，也必然在落卷之列，民国时人刘成禺的《世载堂杂忆》里记载过这样一条晚清科场逸事——张季直的幸运：

前清殿试之制，新进士对策已毕，交收卷官，封送阅卷八大臣阅之。收卷官由掌院学士点派，皆翰院诸公也。光绪甲午所派收卷官，有黄修撰思永，至张季直缴卷时，黄以旧识，迎而受之。张交卷出，黄展阅其卷，中有一字空白，殆挖补错误，后遂忘填者。黄即取怀中笔墨，为之补书，盖收卷诸公，例携笔墨，以备成全修改者，由来久矣。张卷又抬头错误，"恩"字误作单抬，黄复于"恩"字上为之补一"圣"字。补成后，送翁叔平相国阅定，盖知张为翁所极赏之门生也。以此，张遂大魁天下。使此卷不遇黄君成全，则置三甲末矣。

张季直即张謇，光绪二十年（1894）恩科状元。这位状元公一时糊涂，殿试卷子在挖补后居然忘记填回字眼，要不是遇到那位好心肠擅成人之美的黄思永修撰阅卷，替他补回缺字，张謇的卷子必然会因为这一讹误而倒挂末榜了。在晚清科举中，还有些阅卷官，竟然苛刻到了一见试卷有挖补痕，即弃全卷不阅的地步。科场风气到了如此买椟还珠的地步，绵延了一千多年的科举制度，确已是走到摇摇欲坠的命运悬崖了。

在这样的时代风气下，挖补对于每一位欲凭文字来取青紫的士人来说，都显得格外重要。晚清小说《孽海花》第四回里，举人曹公坊在北京应会试，准备的"三屉榼考篮里，下层是笔墨、稿纸、挖补刀、糨糊等"，这挖补刀和糨糊就是特为场中修改错字用的。同书第五

张謇像

回里一帮翰林们在保和殿上参加翰林大考,也有擅长挖补的钱唐卿替迟交卷的友人挖补卷子——这却是真正的"替人捉刀"了。这些笔墨,都是晚清社会特有的风尚写照。

从削刀刊削到雌黄涂抹,再到复杂的挖补,古代修改文字的手段,虽随着社会风尚的变化而不断变迁,但与今日比起来,还是透着点儿麻烦。不过,从另一个方面来看,也许,古人对笔端文字的那种慎重严谨,正跟这点儿麻烦有些关系。

甘苦满载一考篮

考篮,是士人应科举入场时所携带的专门用来盛放各种考具和食物等的篮子。它虽不属文房用具,但在明清科举时代,却几乎是士人们家家必备,人人必用的重要用品。

清代小说《儿女英雄传》里,旗人安老爷二十岁上中举,然后提着考篮考了快三十年的会试,终于在近五十岁时中了进士,几年后,等到他的儿子安骥入会试科场时,安老爷好一番郑重其事的交代:

(安)老爷从西屋里把自己当年下场的那个考篮,用一只手拎出来。看了看,那个荆条考篮经了三十余年的雨打风吹、烟熏火燎,都黑黄黯淡的看不出地儿来了。……原来依安太太的意思,从老早就张罗要给儿子精精致致从头置办考具,无奈老爷执意不许,说必得用这一分,才合着"弓冶箕裘"(指子承父业)的大义。逼着太太收拾出来,还要亲自作一番交代,因此才亲自去拿。便拎了出来,满脸堆欢的向公子道:"此我三十年前故态也。便是里头这几件东西,也都是我的青毡故物。如今就把这分衣钵亲传给你,也算我家一个'十六字心传'(指"人心惟危,道心惟微;惟精惟一,允执厥中",出自《尚书》)了。"(第三十四回《屏纨绔稳步试云程 破寂寥闲心谈月夜》)

可见在旧式读书人心目中,这小小一只篮子的分量。

这是一种有盖的多层提梁篮子,一般为三层,形状以方形为多,与普通篮子一样，多用藤、细篾、柳条、荆条编织而成，四角包铜，讲究的用银。提梁上也往往镶嵌有金属花片，比较讲究的考篮，盒盖和提梁两侧，或雕或镂，另有各色吉祥花样。和普通篮子不同的是，考篮的四壁和上下底面必须玲珑透光，以便考生进场被搜检时，搜检者可以看清篮中所携有无违禁之物。这是《钦定大清会典事例》中明文规定的：

> 至于考篮一项，应照南试考篮，编成玲珑格眼，底面如一，以便搜检。

但从存世实物来看，不少晚清时期的考篮底盖严密，因为到了同光时，原本严格到苛刻的搜检制度已经形同虚设了。

考篮里面盛什么？除了人们熟知的文房四宝，还有其他许多各式杂物，名单之长，种类之杂，足以让今日的考生大跌眼镜。

当然，不同等级的科举考试，考篮里装的东西也不尽一致。要带东西较多的，是每三年举行一次的乡试和会试。且看安公子会试考篮里的内容：

> 只见里头放着的号顶、号围、号帘，合装米面饽饽的口

清代苏州式考篮

袋,都洗得干净;卷袋、笔袋以至包菜包蜡的油纸,都收拾得妥贴;底下放着的便是饭碗、茶盅,又是一分匙箸筒儿,合铜锅、铫子、蜡签儿、蜡剪儿、风炉儿、板凳儿、钉子锤子之类。

如此还不够,安太太还要另外嘱咐儿子:"此外还有你自己使的纸笔墨砚,以至擦脸漱口的这分东西,我都告诉俩媳妇了。带的饽饽菜,你舅母合你丈母娘给你张罗呢。米呀、茶叶呀、蜡呀,以至再带上点儿香啊、药啊,临近了,都到上屋里来取。"

不过是参加考试,为何要连饭米香药乃至钉子锤子都带上呢?

原来会试和乡试的制度,每次共三场,每场三天。再加上明清时,科举虽为所谓的"抡才大典",但士子考试的场所,条件却极为简陋。以会试为例,无论是南京的南闱还是北京的北闱,贡院里都是狭长的一排排窄巷,宽窄勉强能供二人对面行走。巷内一面是墙,一面是仅能容一

科考号舍示意图

人的一间间号舍。六尺高的号舍，举手及檐，里面所有的设备，不过两块号板而已。每间号舍的两边墙上，各留两道高低砖缝。白日里，一块号板架得高些，一块搁得矮些，这便是作文时的桌子板凳，到了晚上，把高的号板取下，两块号板拼起来，就成了床铺。由于号舍仅有四尺深，三尺宽，身材高大些的考生不得不蜷着身子斜卧其中。考一场会试，士子九天的饮食起卧，都在这间号舍中。小小号舍中的九日夜，关系到士人一生的前途命运，怎么能不尽量带上日用的各种东西呢？

考篮里首先要装上的，是笔墨纸砚加上水注这样的基本文具。砚以轻薄便携为佳，笔有笔袋，纸用来打草稿，也常录出场文，出场后求师友评点。另有油布缝制的卷袋，考生领到考卷后，平放其中，高高搁起，防止折叠和油墨茶水污坏卷面。因为清代科举对卷面整洁要求最严，稍有污损，即使文章做得花团锦簇，也必然名登蓝榜，"秀才康了"。

号舍无门，所以必须带上油布制的号帷、号帘等。士子入场找到自己的号后，要自己动手把这些东西钉好挂好，以图能够稍避风雨，夜间御寒。所以还要带上小板凳、钉子和锤子这些工具。

至于饮食，场中虽也有供应，但往往粗劣不堪。清代有一浙江士子作诗咏场屋情景，其中有句云：

……煤锅煮粥乌云集，咸水煎汤绿晕浮。毛竹削成双筷子，饭团结住燥咽喉。……

所以大部分士子都需要自备食物，各种耐饥而又有营养的糕饼点心（即上文中饽饽），是入场必备。南方士人常带桂圆和冰糖莲子之类的滋补零食。干桂圆自己剥起来费时费事，都是事先由家中女眷剥出净肉，一一套叠起来包好放入考篮中。较富裕的士子还有带参片的，场中可咀

晚近西方出版物中记录的装运食物等用品的中国箱篮，也是带入科场的考篮的常见形制。

嚼以助文思。

当然，光靠冷食点心充饥撑过三天是很不舒服的，最好能吃点热饭热汤水。号舍对面的墙根下，可以支起炉子炊煮茶饭，每几间号舍派有一名号军服侍帮忙。所以还要带一只小小的风炉（南方叫作鸡鸣炉），带煮饭煮粥的锅，带下锅的米，带烧水的铫子，带茶叶，带酱醋佐料，带一份饭碗筷子勺子茶碗等。菜肴是事先家中做好的，要求无汤水，耐保存，比如煮一块火腿，蒸几块咸鲞之类。这些吃食，都要用油纸裹好。

晚上的灯烛也需自备。号舍里墙有一块凹进去的小龛，可放灯烛。要带烛台（即上文中蜡签儿）、蜡烛、剪烛芯的蜡剪、包蜡的油纸。取火用具可以不备，因为场中提供水火。

考场里的厕所，设在每条考巷的尽头。士人便溺都在其中，由于通风不畅，清扫不及时，往往到了每场头一天的下午，就恶臭不堪。靠近厕所的那几间号舍，称作"底号"，臭气熏天，是士人最怕被分到的号舍。于是为避恶气，要带点身上佩的香袋香饼，口中噙的片香之类。另外，为了防备万一场中生病，还要带些万应锭、紫雪丹之类的成药。

其实，还有很多考篮中的用具，《儿女英雄传》中没有提及。比如号舍中尘土堆积，要带笤帚打扫。南方号舍中虫蚁出没，蜒蚰满墙，要带艾条焚熏。万一号舍瓦破，又遭风雨，要带油布一块遮顶。誊卷时如不

嘉定科举博物馆中收藏的两只清代考篮，左面的用来装文具，右面的用来装饭菜。

小心写错了字，兹事甚大，要格外小心地挖补，所以需带挖补刀、糨糊……

童生考秀才的县试，每场时为一天，童生凌晨入场，至傍晚点烛时分交卷。考篮中仅带糕饼吃食和文具灯烛便可，另外县试头场，除作八股二篇，还需作五言六韵试帖诗一首，所以准带《诗韵》一本。至于其他书籍，是无论哪一级科举考试都严禁夹带的。

中进士后，还要参加殿试。清代殿试也只有一天，一般在保和殿举行，殿上供应茶水。保和殿上铺有地毯，官府准备有试桌，但只有一尺多高，矮如北方炕桌，士人要盘腿跏趺而坐，一般人很不习惯。于是许多人自制一张高些的考桌，背上殿去，考桌木板蒙布为面，铁条为腿，活动可折叠。考具放在一个藤箱内，箱子又可当座凳。

收拾考篮、打点考具，一般是家中女眷的事情，母亲为儿子，妻子为丈夫。考期将近，翻出尘封的考篮，检点一番有无虫蛀，卷袋笔袋号闱之类是否要拆换浆洗，各类包东西的油纸有无破损，再加上做点心小菜、剥桂圆煮莲子……一片蟾宫折桂的祈望，都殷殷切切装在小小的考篮中。至于晚清小说《孽海花》里，小旦朱霞芬替身在客中无有家眷的落拓名士曹公坊收拾出一份精致考篮，则是另一种不免畸形的恋慕了。

考篮中这些林林总总的东西，再加上一床铺盖，重量很是不轻。士人点名入场时，规定不准带仆从，只得自己提着考篮，扛着铺盖。搜检时，还要解怀脱袜，露顶敞胸，十分狼狈。蒲松龄形容秀才乡试时，"初入时白足提篮似丐，唱名时官呵隶骂似囚"，形容毕肖，道出老生员一生科场辛苦滋味。

清末张之洞任两广总督时，为方便士子，将广州贡院内道路修整平坦。这样，广东的士人可以备一只下有四轮的小竹箱，考具食物放在里面，用绳子牵了走，比起提考篮要省力许多。这在当时被誉为一项德政。

西风东渐，考篮里的内容也发生了一些变化。光绪二十四年（1898），

清末上海卖考篮的小贩

北京城里汹涌着变法的波澜，远在浙江绍兴的少年鲁迅、周作人弟兄双双参加县试欲取青衿，所携灯具，就不再是易灭易倾的旧式烛台，而是四方透亮玻璃、中间洋蜡的抗风洋灯（《知堂回想录》）。墨盒的出现也在清末，事先调好又黑又浓的墨汁，注入内有绵垫的墨盒中，开盖即用，省去了考试时现场磨墨、墨色不浓的麻烦。至于一些烟霞癖重的士人，甚至要在考篮中带上鸦片烟枪烟灯烟盒进场，则已经是清王朝日薄西山、科举将近末路的光景了。

提篮应考的生涯，多苦少甘。清代科举应考者多，录取者少。以县试为例，每县"取中的秀才名额，小县数名，大县二三十名不等。应考的人数，小县数百人，大县数千人"（商衍鎏《科举考试的回忆》），鲁迅兄弟参加的会稽县试，赴考者五百余人，录取仅四十。为了这一点渺茫的功名希冀，多少士人提着考篮，次次应考，年年落第，"太宗皇帝真长策，赚得英雄尽白头"（佚名唐诗），流逝的时光，磨旧了考篮，磨苍了鬓发，也磨没了本应鲜活自得的无数生命……

第三章 燕寢凝香

霜清纸帐

霜清纸帐来新梦,圃冷斜阳忆旧游。

大观园中诸女儿作菊花咏,史湘云凭着三首《对菊》《供菊》《菊影》获得好评,连一向在文字之道上不肯甘居人下的黛玉,也是真心称赏。这两句便是《供菊》的颈联:爱之供之,甚至入帐入梦,直是一番旖旎闺情。却又清清泠泠,不落丝毫脂粉俗气。真不愧是"霁月光风耀玉堂"的史大妹妹的笔墨。

说回来,一部《红楼梦》里虚虚实实,或工笔或点染,写了那么多

清·费丹旭绘《十二金钗图》之史湘云

的帐子,像秦可卿房中"同昌公主制的联珠帐",探春秋爽斋中的"葱绿双绣花卉草虫纱帐",富贵公子怡红院中悬的"大红销金撒花帐",还有极具生活品位的贾母亲自指点制作的"雨过天晴软烟罗帐"、"水墨字画白绫帐子",《红楼》中的帐子,可谓五光十色,但是,湘云诗中的纸帐,却不见于书中的任何一个角落。

也是,到了乾隆年间曹雪芹在悼红轩中提笔作《红楼梦》的时候,纸帐已经从现实的生活中消失数百年了。

和很多的典故一样,纸帐和绘于其上的泠泠梅花,原曾是如此鲜活地存在于人世的日常中的,只是后来,这种日常渐行渐远,在文学中被书写了无数次后,才逐渐凝固成了一枚华丽而坚硬的典故,凸显在诗词密织的语言经纬中。

曾经,在由唐及宋的数百年间,纸制的帐子,实在是一种很平常的风俗。曾在文人雅士的床榻间扮演过重要的角色。

纸帐的取材,需是坚韧的楮纸或藤纸。在中古时期,楮和藤,曾是中国造纸的主要来源。三国时陆机注《毛诗》中的草木虫鱼,于"榖"一条即注云:"榖,今江南人绩其皮以为布,又捣以为纸,长数丈,洁白光辉,其里甚好。"榖即是楮的别名,也就是今日植物学上说的构树。构树的皮质地柔韧,至今在广西壮族地区,仍有用构树皮手工制造纸张的古老工艺流传。而产于浙江、江西一带的山藤,也是制造厚实坚韧纸张的好原料,其中以浙江剡溪所产最为著名,剡纸遂成为藤纸的代称。唐代诗人中,顾况有向友人求剡纸的《剡纸歌》,而刘禹锡夸赞高级干部牛僧孺的诗作,美饰辞藻则云"符彩添隃墨,波澜起剡藤"(《牛相公见示新什,谨依本韵次用以抒下情》)。可见此类纸张在当时文士中受重视的程度。

无论是楮纸还是藤纸,它们都有共同的特点:篇幅广阔,柔韧性强,质地细密不透气,防风性好。唐代的陆羽在《茶经》中特意强调,收藏烘焙好的茶叶，需用剡溪藤纸所糊就的纸囊，"以剡藤纸白厚者夹缝之，以贮所炙茶，使不泄其香也"。既然用藤纸糊成的纸囊可以起到一如今日的胶口玻璃密封罐防潮防霉的功效，那么，用这样的纸做成帐子，自然不透风寒，在数九寒天里，可以暖暖和和，温一个冬日的旧梦。

比起用各种丝织品制成的华贵的纱帐、罗帐、锦帐，纸帐的价格无疑是廉宜的，因而也就十分地平民化。使用纸帐，原是追求淡泊的僧人或文士清贫生活的一个平常角落。唐代诗僧齐己《夏日草堂作》诗云："沙泉带草堂，纸帐卷空床。"明代的高启也为一位僧人写过咏纸帐的诗：

剡藤裁素帱，坐使诸尘隔。冬室自生温，寒窗屡更白。不随直省被，长覆栖禅箦。思曾雪夜时，宿伴山中客。

——《赋永上人纸帐》

以剡溪藤纸制成的纸帐，温暖而洁白，非常适合山中的禅师在冬天使用。如果说僧人选择以纸为帐，是和纸衣纸被一样，怀有一重宗教上的不杀生灵的慈悲。那么，清贫文士选择纸帐，则更多考虑到纸帐价廉物美的特质。

苏轼写过一首《纸帐》诗：

乱文龟壳细相连，惯卧青绫恐未便。洁似僧巾白氎布，暖于蛮帐紫茸毡。锦衾速卷持还客，破屋那愁仰见天。但恐娇儿还恶睡，夜深踏裂不成眠。

这首诗原是和友人唱和的咏物之作，首句状物，很能把握特征。因为，与用来书写的纸张必须保证平整光滑不一样的是，将纸加工成纸帐，必须经过一番特殊的处理：将大幅的纸张卷在细细的木棍上，再用绳索勒紧，静置数日后解开，纸张便起皱，有了鱼鳞或龟壳状的皱纹，这样一来，纸张的韧性和耐磨度都大大增强了。所谓"乱文龟壳细相连"，即是指此。

次句既是用典，又是写实。汉代制度，尚书郎在建礼门中值班留宿时，朝廷会提供青绫罗被。而朴实的平民派纸帐，和映射着森严等级制度的青绫被，自属两个世界。

第二联从不同的角度来说纸帐的优点：白氎布据说是南方一个叫婆利国的出产，是用吉贝草的花纺织而成，以洁白柔软闻名（见《旧唐书·南蛮传》）。以白氎布相比，可见纸帐的色泽和质感。"蛮帐紫茸毡"指西北游牧民族用牛羊细毛矸成绒毡，以紫色为上，制成毡包帐幕，可抵御塞外的漫天风雪。而纸帐因为材质的细密，其保暖性要远远高于各种纺织品的帐子。所以"暖"这个关键词，也是诗人要特意提出表彰的。

纸帐是朴素的，所以华贵的锦衾之类的卧具，自和纸帐不称。锦衾卷还客，原是老杜《太子张舍人遗织成褥段》中的诗句，熟悉杜诗的苏轼信手拈来，用在此处，自然妥帖。屋顶见天光的破屋，倒是贫士生活的现状。而有了纸帐，可蔽风寒，苦中作乐，自见潇洒。末尾两句，用的是杜甫《茅屋为秋风所破歌》中的成句，其实，纸帐非常坚韧，即使是睡相不好的孩子，要将纸帐踏破，也并非易事呢。

苏轼在《自金山放船至焦山》一诗中也提及纸帐：

困眠得就纸帐暖，饱食未厌山蔬甘。

显然，此处的"纸帐"，和下句对举的"山蔬"一样，是被视为一种清贫中自有安乐的存在的。

正因为纸帐的这种朴素风味，深得好雅求素的宋代士人的喜爱。于是，自北宋之后，纸帐的使用范围，比起唐代来便广泛了许多。纸帐不再是宗教人士护生惜命的需要，或清贫士人的无奈之选，而更多成为一种士人雅趣生活的点缀。于是李清照《孤雁儿·咏梅》词，遂有"藤床纸帐朝眠起，说不尽无佳思。沉香断续玉炉寒，伴我情怀如水"之句，伴随着名贵的玉质香炉中同样身价不菲的沉香香烟，在易安居士的闺房中出现的这顶纸帐，显然不是出于经济节约的目的，而是雅素情怀的女主人刻意营造一种素淡审美的"佳思"之需。

和其他材质的帐一样，出于审美的需要，纸帐上也常绘有花卉图案，在各种花卉中，清淡瘦骨的梅花，最能得宋人深深领略的纸帐风味的旨趣：雪白的帐上淡淡一枝水墨横斜，正可拟出"但梦想，一枝潇洒，黄昏斜照水"（周邦彦《花犯·咏梅》）的诗境。因此，梅花的意象，就常出现在咏纸帐的诗词中，如元人谢宗可的《纸帐》诗：

清悬四壁剡溪霜，高卧梅花月半床。茧瓮有天春不老，瑶台无夜雪生香。觉来虚白神光发，睡去清闲好梦长。一枕总无尘土气，何妨留我白云乡。

显然，在诗人看来，有这般雪白而温暖的纸帐，再伴着梅花和明月这些诗意要素，使得睡眠也变得与众不同，成为一件超出尘世的雅事了。南宋词人张槃《虞美人》词中工笔细描一副冬日闺情图："小蛮才把鸳衾折。妆就梳横月。探梅不似旧年心。却爱窗前纸帐、十分清。"这位兰心蕙性的闺房主人，梳妆才罢，没有郊外探梅的兴致，半是慵懒，半是因为窗前的纸帐上，已经绘有足可供玩赏的梅花了。

而南宋朱敦儒《鹧鸪天》词的名句："道人还了鸳鸯债，纸帐梅花醉梦间。"更是让纸帐梅花一词，在后世竟渐渐成为一种固定搭配，频频出现在相关的歌咏中。

明人高濂《遵生八笺》中有《纸帐》和《梅花纸帐》各一条，记明人制纸帐法甚详：

> 用藤皮茧纸缠于木上，以索缠紧，勒作皱纹，不用糊，以线折缝缝之。顶不用纸，以绨布为顶，取其透气。或画以梅花，或画以蝴蝶，自是分外清致。
>
> ——《遵生八笺·纸帐》

对茧纸的再加工，用绳索另外勒出皱纹，是为了增强纸帐的耐用性。顶部以稀薄透气的绨布代替藤皮茧纸，是避免纸帐过于密不透风，使得纸帐在较温暖的季节也能够使用。帐上所绘的梅花和蝴蝶也各有象征意义，后者无疑暗指庄生梦蝶这个非常适合于雅人睡眠的典故。

接下来的《梅花纸帐》一条，更见高濂这样的晚明士人于生活中刻

明末闵齐伋绘刻《西厢记》彩图，带有梅花图案的帐子，可能是纸质。

意求雅的匠心：

> 即榻床外立四柱，各柱挂以铜瓶，插梅数枝。后设木板约二尺，自地及顶，欲靠以清坐。左右设横木，可以挂衣。角安斑竹书贮一，藏画三四，挂白尘拂尘一。上作一顶，用白楮作帐罩之，前安踏床，左设小香几，置香鼎，燃紫藤香。榻用布衾、菊枕、蒲褥，乃相称"道人还了鸳鸯债，纸帐梅花醉梦间"之意。

这里，高濂不惮麻烦地打造一个真正"纸帐梅花"的意境：选用真实的梅花，插于纸帐之外，香气浮动，疏影横斜，再加上主人刻意选来相配的"布衾、菊枕、蒲褥"，这样的一副床榻，集诸多雅物为一床，放下帐子，简直成了一处可逃脱红尘烦恼的小桃源。

梅花纸帐里的冬天，便是这样一种诗意的栖居。然而如此讲究的一种生活细节，却为何纸帐在重视生活趣味的清代士人生活中逐渐消失？

纸帐的消失，究其本因，恐怕还是原材料的匮乏。如前所述，纸帐的原料需用柔韧性非常强的藤纸，而藤一来生长缓慢，二来分布区域不广，在大量藤纸的需求下，包括浙江剡溪在内的藤纸产地，藤资源渐渐枯竭。宋代以后，藤纸的生产日渐式微，到了明代，竹已经取代藤成为最主要的造纸原料。竹纸薄而易损，显然无法供制帐之用。于是纸帐渐渐退出日常生活，退居到文学世界中去，变成了一个典故，却依然鲜活在文士的笔端。民国时海上报人郑逸梅，给自己的书斋取名为"纸帐铜瓶室"，自署"纸帐铜瓶室主"，就是取名中"逸梅"与纸帐铜瓶的关联。而所谓的纸帐铜瓶室，据郑先生自己说起来：不过十平方米一间小屋，堆满了书籍杂物，几无插足之地。十年浩劫一来，藏书被捆绑而去，不留片纸。纸帐也好，铜瓶也罢，原本，一切不过是笔端的风景。

● 说迎手

> 王大夫道:"且慢说。等我诊了脉,听我说了看是对不对,若有不合的地方,姑娘们再告诉我。"紫鹃便向帐中扶出黛玉的一只手来,搁在迎手上。紫鹃又把镯子连袖子轻轻的搂起,不叫压住了脉息。"
>
> ——《红楼梦》第八十三回

幼时初看《红楼梦》,只看得一片花团锦簇,热闹繁华得不堪。后来年岁渐长,遂读出其中花月情恨,无限悲欢。再后来,柴米油盐的日子过着,再读《红楼》,却只奔着那些琐屑细物而去。

前些年李少红重拍《红楼梦》电视剧,惹得网上网下骂声一片。说回来,隔了几百年的旧时光,要复原康乾年间簪缨世家的生活,又何尝容易?人民文学出版社的红研所校注《红楼梦》,乃多少专家学者心血所攒,然而一遇到名物细事,仍难免讹误。譬如上面这段,里面的"迎手"一词,今日少见。红研所校注本注释云:"也叫迎枕。中医切脉时,垫在病人手背下的小枕。"

《红楼》八十三回中出现的迎手固然是用来让医生为病人切脉时垫手用,可是将迎手等同于迎枕,且说迎手就是看病时

清代锦缎迎手

用来垫手切脉的小枕头,却是欠了一番妥当的斟酌。

迎手一物,今已不见于日常生活。但在曹雪芹时代的北方生活中,却是常见之物。这原是放在床上或炕上,供日常起居时扶手垫臂的一种小枕头,大小约如今日的围棋罐而略大,形制以方形为多,另外也有六棱、八棱瓜形的种种变化。清代宫中使用者,往往是两只迎手和身下的坐垫,身后的靠背构成一套,用同样材质的织物制成。

同样《红楼梦》一百零五回中贾赦抄家清单,中有"上用蟒缎迎手靠背三分",即指迎手靠背为一套。迎手靠背本为细物,只因用的是上用蟒缎,有僭越之嫌,方才记入这份抄家清单中。

清代李斗《扬州画舫记》卷一中,记扬州盐商为了恭迎乾隆南巡,自高桥码头至迎恩亭,一路上两岸排列档子、彩楼、香亭,无不竭尽奢华:

> 彩楼用香瓜铜色竹瓦,或覆孔雀翎,或用棕毛,仰顶满糊细画,下铺棕,覆以各色绒毡,间用落地罩、单地罩、五屏风、插屏、戏屏、宝座、书案、天香几、迎手靠垫。两旁设绫锦绶络香袱,案上炉瓶五事,旁用地缸栽像生万年青、万寿蟠桃、九熟仙桃及佛手香橼盘景,架上各色博古器皿书籍。

彩楼的种种装修铺饰,诸如糊顶棚,落地罩,地上大缸里的万年青等,显然来自盐商们对北京宫廷陈设的模拟。而清宫中的迎手靠垫,传世者尚甚多。今日游人如果到故宫博物院观览,隔着玻璃可窥见养心殿内西暖阁陈设:靠墙木炕,上设左右炕几。中间褥垫靠背,左右两只迎手,花色成套,褥垫上闲搁一只如意,依然是昔日养心殿主人日常起居的画面。

迎手的出现,是对炕榻生活的一种细化。北方天寒,内帷之中,女性的日常琐屑生活,譬如做女工,下棋博戏,乃至读书写字,都每每在

故宮養心殿西暖閣

炕上进行。因此对炕上这块空间中的摆设装点，也就益发讲究起来。诸如炕几、炕屏的设计，都是力图使炕榻上的起居生活更加舒适便利，更加赏心悦目。

清代炕榻上的迎手和靠背，其实是六朝以来即有的隐囊的发展与变形。只是六朝的隐囊仅供背部依靠闲卧，而分列腕下的迎手，却多了支撑手臂的功能。有趣的是，在明清士人的笔端，当他们使用文言时，经常以古代的"隐囊"一词，来代指当时流行的迎手或靠背。如晚清李岳瑞《悔逸斋笔乘》中记溥伟宫中招待张之洞逸事，云："因趋前启帘，肃文襄入室。则短榻横窗下，隐囊裀褥无不精，地下茶鼎方谡谡作声……"叙事如绘，其中短榻横于窗下，上置精美的隐囊（即迎手）裀褥的描写，如果与今日养心殿西暖阁中的陈设对照，直令人有恍然一梦的穿越感。

迎手在明清时期的出现，主要和追求占据主导地位的北方文化中对床榻之间起居安适的需求有关，清人曹庭栋《养生随笔》卷三：

> 卧榻亦可坐，盘膝跏趺为宜，背无靠，置竖垫，灯草实之，则不下坠。旁无倚，置隐囊左右各一，不殊椅之有靠有环也。隐囊似枕而高，俗曰"靠枕"。《颜氏家训》曰"梁朝全盛时，贵游子弟，

元·刘贯道《消夏图》中，士人悠然地倚靠在一只隐囊之上。

坐棋子方褥,凭班丝隐囊"。

这里所说的置于卧榻上"左右各一",似枕而高的东西,实际上是迎手而非靠枕。它的功用,则多了养生的需求。明代高濂《遵生八笺·起居安乐笺》中"隐囊"条云:

榻上置二墩,以布青白斗花为之。高一尺许,内以棉花装实,缝完,旁系二带,以作提手。榻上睡起,以两肘倚墩小坐,似觉安逸,古之制也。

显然,在高濂的时代,迎手还并不流行,所以他才需要如此详尽地介绍它的制作方法和功用。

被放置在炕榻上,与靠枕配套的迎手,一般是成对出现的。但有时似乎也会单独一只出现在床上。本书《佛手与香橼》一篇中清内府设色库绢本《燕寝怡情》之四的画面中:栏外丹桂吐蕊,桌上大盘内满满供着佛手,显是秋凉时节。而在画面的左侧,露出一角床帐,在叠好的薄被之畔,放着一枚六棱迎手,黑绒底面,蓝色四围,上面挖出连环图样。这个传统民俗中象征着爱情的图案,暗示出画面中间的男女主人公即将在这一角空间发生的旖旎情事。

如上文所云,迎手多为锦、缎、布制品,但在赤日流金的夏季,这样的迎手显然就不再符合季节的需要。于是炎夏时使用的迎手,多用瓷制。从传世实物来看,瓷迎手常做成鼓墩、八角等形状,中空,四壁常镂空以供通风。可以想象,在炎热的夏季,蝉鸣阵阵,在虾须帘隔出的闺房空间中,美人娇怯无力斜倚床榻,冰凉光滑的瓷质迎手,必能给置于之上的纤纤玉手带来清凉的触感,冰肌玉骨,自清凉无汗。

那么，回到本文开头所引用的《红楼》第八十三回原文，紫鹃将黛玉的手放于迎手之上，请王太医把脉，这个场景，在清代的世情小说中并不罕见。中医在为病人把脉时，为了使病人手腕的肌肉放松，便于诊断脉象，需要在病人的手腕下垫一个脉枕。而当医生出诊时，有时为了方便起见，并不随身携带脉枕。而病人床榻上常见的迎手，柔软而又富有弹性，不冰肌肤，是脉枕最方便适合的代用品。所以迎手可充作脉枕之用，但反过来说迎手就是脉枕，却是不妥当的。

清内府设色库绢本《燕寝怡情》（之四，波士顿美术馆藏）局部，可见黑绒底面、蓝色四围的六棱迎手。

除了"迎手"外，《红楼梦》中还出现过"迎枕"和"引枕"。其中引枕出现次数较多，如第三回："临窗大炕上铺着猩红洋罽，正面设着大红金钱蟒靠背，石青金钱蟒引枕……"又第六回："南窗下是炕，炕上大红毡条，靠东边板壁立着一个锁子锦靠背与一个引枕。"又第五十三回："贾母于东边设一透雕夔龙护屏矮足短榻，靠背引枕皮褥俱全。"又第六十二回："因大家送了他到议事厅上，眼看着命丫头们铺了一个锦褥并靠背引枕之类。"又第七十一回："当中独设一榻，引枕靠背脚踏俱全，自己歪在榻上。"既云为枕，可见如古代枕头一样，是一种长方体。和迎手的区别，在于一短一长，另外迎手有瓷制的夏季版，而引枕则纯是软中带硬长方形靠垫而已。至于在第十回出现的迎枕："于是家下媳妇们捧过大迎枕来，一面给秦氏拉着袖口，露出脉来。"可见迎枕一是大得需要捧着，二是用来靠在背后的，总之，和不过尺许大小的迎手，是两种东西。八七版电视剧《红楼梦》中，将引枕处理为一种长方体的华贵锦缎枕头，还是符合历史实际的。

清代鼓墩式迎手

菊枕留相思

水晶帘里颇黎枕,暖香惹梦鸳鸯锦。

——唐·温庭筠《菩萨蛮》

凉波不动簟纹平。水精双枕,傍有堕钗横。

——宋·欧阳修《临江仙》

玉枕纱橱,半夜凉初透。

——宋·李清照《醉花阴》

在这些和闺情有关的词句里,枕,是一个重要的存在。

枕不仅关系着睡眠,还勾连着幻梦、闺思、闲情,和隐约的情欲。而这些,都是诗词中吟唱再三的主题。于是我们看到,在唐诗宋词里,这只枕来入梦的枕头,奢华起来就如斯没了边。而现代考古发现则证明了,在古人的床席之间,这种奢华并非仅仅是一种笔墨辞藻的向空渲染:1986年法门寺出土的那枚水晶枕,通体剔透,泠泠如寒波一泓,系用整块天然水晶雕成。虽然从其尺寸大小来看,未必是实用之物。却也为诗词里的世界提供了一个实证。

而另一个极端是,枕的材质,也可以简朴出一种别样的风流,尤其是在崇尚自然之趣的宋代。

虚堂永昼来风长,石枕竹簟寒生光。

——宋·蔡襄《漳州白莲僧宗要见遗纸扇每扇各书一首》

暂借藤床与瓦枕,莫教孤负竹风凉。

——宋·苏轼《归宜兴留题竹西寺》

五色流苏不用垂,楮衾木枕更相宜。

——宋·叶绍翁《纸帐》

宋代磁州窑诗文枕,对文学的崇尚在宋代已经渗透到生活的各个细节。

宋代定窑白瓷孩儿枕

无论是走名贵路线的玉枕、玻璃枕、水晶枕,还是朴素一脉的石枕、瓦枕、木枕,古人日常使用的枕头,有一个共同的特征——坚硬。著名的宋定窑白瓷孩儿枕,作为艺术品来欣赏,固然是眉目飞动栩栩如生,但一想起它实际使用的状态,便总叫人脑后隐隐有些酸意。用惯了柔软西式枕头的现代人,要是真一不小心穿越回了古代,别说没有各种电气设备的不便，光是晚上头下枕着这么硬邦邦的一大块，就够让人悠哉悠哉，辗转反侧的了。读唐人小说《枕中记》时，很佩服主人公卢生，因为吕仙翁递给他一只"青瓷，而窍其两端"的瓷枕，那么硬的枕头，他居然很快就在黄粱饭的香气中枕着睡着了，还做了那么丰富的一个梦。

当然，有时候，古人也会想点办法，让枕上的感受变得丰富一些，比如说，用一种叫作枕囊的东西，给梦境添加些香气。

明人高濂《遵生八笺》论枕，在比量各种材质后又说："有菊枕，以甘菊作囊盛之，置皮枕、凉枕之上，覆以枕席，睡者妙甚。"这是将枕囊当做枕巾使用，由于古代的枕常常是中空的，枕囊很可能也被放入枕中空处，这样可以将香气保留得更久。

放入枕囊用来添香的，一般是晒干的有香味的花草植物。南宋诗人林表民写过一首《小园木香》诗：

攀条折蕊属骚人，迟恐颠风扫玉尘。如付枕囊供醉寝，繁香薰骨解留春。

木香有好几个品种，在四月初开花的一种，"极其香甜可爱"（清陈淏《花镜》）。这样的花，诗人自然是百般怜惜的，花开时尽情攀折玩赏还不够，唯恐一夜春风，花落尘土。于是诗人

唐三彩方枕，也许卢生正是枕着这样的枕头做了一个美梦

采来未落的花朵，晒干放入枕囊中，让这甜美的香气留在枕席之畔。尤其是喝醉的时候，这浓郁的幽香弥漫在诗人醉梦中，再酿了一个春天。

所以宋人遇见了香花，常常很功利地想："这种花可以用来充枕囊哦。"黄庭坚见到朋友家盛开的一架荼蘼，就这样表示他的赞美："风流彻骨成春酒，梦寐宜人入枕囊。"（《观王主簿家荼蘼》）面对荼蘼花，黄庭坚想到的不是"开到荼蘼花事了"的送春伤感，而是考虑到这样香的花，可以用来浸酒，也可以晒干装入枕囊来助人好梦。这样的审美，真的很现实很生活。

在各类用来充枕囊的香花中，用得最多的，当属菊花。用来充枕囊的菊，不是今日花展上肥硕如盘的那种，而是如高濂所说的，是菊的原始品种——甘菊。甘菊的花朵仅如指肚大小，灿烂如金，至今秋日漫步郊野间，还能常在林下坡上遇到成片的甘菊，在和煦的秋阳中弥漫着浓郁的甘香。

以菊花晒干入枕囊的习俗，当始于宋代。因为一部《全唐诗》中，咏菊的诗篇固然不少，却没有提到以菊花入枕囊的。而宋人吟咏菊花时，就常提起菊花的这一实用功能，比如南宋吴文英的这首词：

露浥初英，早遗恨、参差九日。还却笑、萸随节过，桂凋无色。杯面寒香蜂共泛，篱根秋讯蛩催织。爱玲珑、筛月水屏风，千枝结。　　芳井韵，寒泉咽。霜著处，微红湿。共评花索句，看谁先得。好漉乌巾连夜醉，莫愁金钿无人拾。算遗踪、犹有枕囊留，相思物。

——《满江红·刘朔斋赋菊和韵》

这首唱和的咏物词，属于"辞人赋颂，为文造情"的那种，但好处是，虽是"造"出来的"情"，却也能回旋曲折，一往情深。词人依次写了重阳的菊、月下的菊、凝霜的菊、伴酒的菊，末尾写到菊花在多情词人那里最后的归宿——将残菊装入枕囊，留一缕相思。这样的结尾，余韵袅袅，就像那只菊枕一样，留了一点想象和香气给词作之后的空间。

宋代人以菊花入枕囊，不仅取其香气，更注重菊枕的药用保健功能。菊本可入药，《神农本草经》即已列其为"上品"。苏轼在《东坡杂记》中盛赞其"花叶根实皆长生药"。李时珍称其"苗可蔬，叶可啜，花可饵，

清内府设色摹绢本《燕寝怡情》之二，波士顿美术馆藏）。画面右下角可见夏季庭院乘凉所用瓦形凉枕。

根实可药,囊可枕"。在关于宋代风俗的记载中,有不少掇菊入枕的记载,均强调菊枕的药用功能。如陈元靓《岁时广记》卷三十四说:"《千金方》(民间)常以九月九日取菊花作枕袋枕头。大能去头风,明眼目。"周密《澄怀录》载:"秋采甘菊花,贮以布囊,作枕用,能清头目,去邪秽。"于是在宋诗中,便有了很多赞美菊枕疗效的诗句,比如南宋福建诗人林亦之的这一篇《奉题林稚春菊花枕子歌》:

故人所说菊花枕,似把冰丸月下饮。秋水一双明炯炯,数在青囊第一品。狂风江上吹蒹葭,此物往往得之嵇康阮籍家。闭门诵书二十年,眼睛损尽生空花。建阳小作箸头书,残更灯火乱虫鱼。石渠文字大如斗,场屋岁月又不偶。却来南山青草边,东西四至尽为菊花田。手提长筐向山曲,一下收拾三百斛。昨者昏寐才起来,解把檐头小字读。乃知妙物通群仙,一切药裹应弃捐。

在林亦之的笔下,菊枕的药效神奇一如今日电视广告:读书人读书二十年,读得两眼昏花视力下降,只缘枕了菊花枕,便"秋水一双明炯炯"

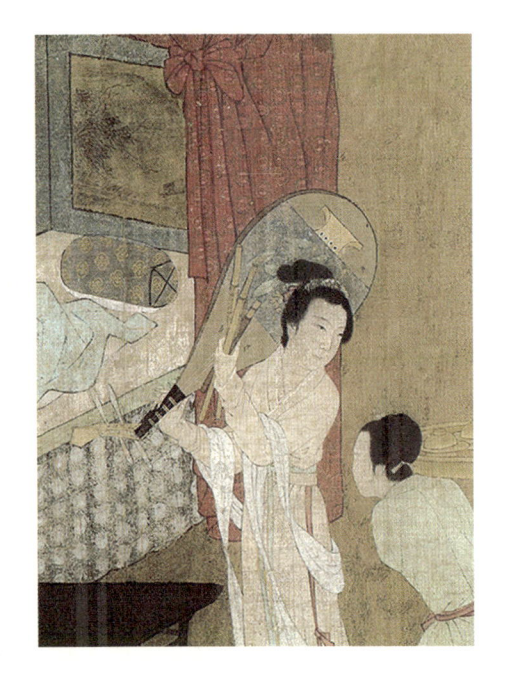

五代·顾闳中《韩熙载夜宴图》局部,可见带有枕衣的枕头。

了，这当然是诗人的夸张。而"此物往往得之嵇康阮籍家"的句子，则将这件本为普通家庭用品的菊枕，赋予了某种文化意味。

其实嵇康、阮籍二人，和菊花并没有什么关联。要说和菊的因缘，晋人中，当之无愧的要属陶渊明。身为"百代隐逸之祖"的陶公，自从他在东篱下悠悠然采了一次菊，菊的意象，便超然凌逸了作为花卉的菊本身。无数次的文学书写，将菊在古典文学的世界里，锻造成了一个高雅的文化符号。

于是，对于诗人来说，采菊入枕囊，比起采摘其他香花，就更多了一层文化上的自我愉悦。

明代的隐士孙一元在一个秋天里，写下这样的诗句：

呼童收落英，晨起晞清露。满囊胜贮秋，寒香散庭户。夜来梦东篱，枕上得佳句。

——《收菊花贮枕》

"前七子"之一的谢榛夸奖这首诗："好个题目，唐人未之有也。"（《四溟诗话》）唐人不曾写如此佳题，不是遗漏，而是尚无这样的风俗。在诗人孙一元的枕囊里，菊花不仅有它的自然属性——寒香，还是秋天的物化——"贮秋"，更是诗人与所敬仰的前贤，梦寐相通的一种媒介。元人马祖常有一首七律咏菊枕，有"半夜归心三径远，一囊秋色四屏香。……几度醉来消不得，卧收清气入诗肠"之句，也是在枕上消受浓郁的诗情。

在中国文学史中，最令人动容的菊枕诗，则是陆游的作品。

在菊枕之风流行的南宋，陆游是很喜欢菊枕的，二十岁时就曾赋《菊枕》诗，尤其是在晚年，颇讲求养生之道的陆游，常枕菊枕，以求"祛头风，明眼目"。八十岁绍兴闲居时作的《示村医》诗中说:"衫袖玩橙清鼻观,枕囊贮菊愈头风。"次年的《老态》诗中则说:"头风便菊枕,足痹倚藜床。"在诗中,陆游将菊枕与袖中香橙,和有隐逸之风的藜床并题,足见菊枕一物本身的诗意。以这样富有雅趣的物品入诗,在这些表面上感慨年老多病的诗句里,我们无疑能体味到那种传统文人对雅致生活玩赏的怡然之趣。

不过,在陆游最著名的两首菊枕诗中,却是凭借另外一种情感,将千载之后的读者深深打动。

采得黄花作枕囊,曲屏深幌闷幽香。唤回四十三年梦,灯暗无人说断肠。

少日曾题菊枕诗,蠹编残稿锁蛛丝。人间万事消磨尽,只有清香似旧时。

——《余年二十时尝作〈菊枕〉诗,颇传于人,今秋偶复采菊缝枕囊,凄然有感》

这是淳熙十四年的秋天,六十多岁的陆游在严州知州任上,枕囊中甘菊的幽香,勾起了四十多年前的回忆。那时,陆游方二十岁,与唐琬新婚,正是两相燕婉之时。

陆游早年那首"颇传于人"的菊枕诗,已经和许多早岁之作一起,被诗人从自己的诗稿中删落,无存于世了。四十三年往事如梦,陆游对"旧时"的回忆表达得很含蓄,我们只能想象,也许,四十多年前,陆游曾和唐琬一起在秋风煦日中采撷过一朵朵小小的甘菊花;也许,缝制那只枕囊的,就是唐琬本人;也许,在唐琬被迫离开,甚至陆游奉父母之命再娶王氏后,那只菊枕,依然陪伴着他度过很多个夜晚。

在不乏爱情题材的中国文学史中,陆游和唐琬的悲剧,之所以那么特别地动人,不仅仅是因为一段美好情感的被生生毁灭,更是因为陆游此后终其一生,漫漫六十余年间,在诗歌中对这种悲痛的无穷追忆与再三痛忏。所谓"就百年论,谁愿有此事?就千秋论,不可无此诗。"(陈石遗语)

陆游像

和更为脍炙人口的《沈园》二首相比,我更喜欢这两首菊枕诗,因为《沈园》诗有种向读者倾述剖白的意味,而菊枕二首,却是喃喃自语,将一切情味留与自己反复咀嚼思量。不说具体情事,不说往昔生活细节,不说此生此情是如何如何刻骨难忘,只在菊枕的静谧香气中,淡淡跳跃一段时间。

四十三年,依旧断肠,无人可说,亦不必人前说。

枕上的门

在缺乏人工照明的古代,黑夜是如此漫长,古人睡眠的时间,要比焚膏继晷、中夜不眠的现代人长上许多。所以,和各种寝具的关系,自然也就更加亲热密切。在寝具中,枕是耐用品,又是四季长用,所以格外见出用心。从出土实物和文献资料来看,中国古代的枕,论材质则有竹、木、瓷、陶、水晶、玉、石、瓦……论形制则有动物、童子、仕女、花卉、几何,更加上雕之镂之,漆之绘之,饰以书画诗词、人物花草,其丰富与精美,直令今日的各路软枕望尘莫及。

枕上的世界,联结了白日与黑夜,摇曳于现实和梦幻的两端,明灭不定。古人以为做梦乃是魂灵出窍,所以历历如绘的梦境,不过是梦魂出窍后的种种所见所遇。姜夔在南京的江上舟中梦见合肥的情人,遂有"离魂暗逐郎行远"的词句,梦醒后更有"淮南皓月冷千山,冥冥归去无人管"(《踏莎行》)的感慨,怜惜对方,以至于考虑到那女子魂灵归去的寂寞了。

于是,在属于尘俗的白日间受此凡俗肉身种种拘束的灵魂,到了梦中,便有了超凡的能力,可以蓦然轻盈,自枕畔悠然而出,可瞬息千里,可沟通幽冥与仙界。五代王仁裕《开元天宝遗事》云:"龟兹国进奉枕一枚,其色如玛瑙,温温如玉,制作甚朴素。枕之寝,则十洲、三岛、四海、五湖尽在梦中所见,帝因立名为游仙枕。"在传说中,在这枚神奇的枕头里,别有一番大好的乾坤天地。

到了后世的包拯故事中,包公入冥,也依赖于神奇枕头的帮助,在明代小说《百家公案》第二十九回《判刘花园除三怪》的包拯故事中,包拯要前往阴司,需用"阴床与那温凉还魂枕"二物。而到了清代的《三

古人烧制瓷器的场景(十九世纪绘)

侠五义》里,两件寝具浓缩成了一个名字更飘逸的"游仙枕",这仙枕"仿佛一块朽木,上面有蝌蚪文字,却也不甚分明",其貌不扬,但包拯一旦枕上,立刻可以进入冥中,查清冤魂错案。

在这些故事中,枕作为重要的寝具,很多时候,担任起了连接两个世界的通道的媒介作用。而枕上也是的确有"通道"的存在的。

唐宋人诗词中关于枕的吟咏,虽然不乏诸如水晶、石膏、文石、香木等等特殊材质,但在实际使用中,应用最为广泛的,还是价廉物美、形制多变的瓷枕。所谓"巩人作枕坚且青,故人赠我消炎蒸。持之入室凉风生,脑寒发冷泥丸惊"(张耒《谢黄师是惠碧瓷枕》),今日众多的出土实物,也确实证明了瓷枕在唐宋时使用的普及程度。

为了使瓷坯烧制时膨胀均匀,不至于变形,同时也为了成品较轻便,瓷枕一般都是中空的。所以在瓷枕的两端,往往开有通风口,一来在窑中烧制时,可防止瓷坯内热空气的膨胀导致瓷枕爆裂烧制失败,二来,在烧制好后使用时,头部的热量可以随着枕箱里受热而膨胀的空气从两端的开孔排出,保持枕面的清凉,达到"脑寒发冷泥丸惊"的效果。

当古人枕着这种瓷枕入睡时,面对着眼前通风口中那不可窥见的一方世界,是很容易激发起丰富的想象的。那幽深的孔洞,到底通向何方?当睡意袭来,视线逐渐模糊,不禁会遐思:是否可以投身于这不可知的幽远之中,步入另外一个世界?

唐人小说《枕中记》的构思,便出自这样的设想,生而不得志的卢生,得到仙人吕道士的瓷枕:"其枕青瓷,而窍其两端,生俯首就之,见其窍渐大明朗。乃举身而入,遂至其家。"于是娶娇妻,举进士,贵显荣身,一派富贵风光。而这幻梦中的一切,和"衣装敝亵"的现实,衔接得是如此自然流畅——只不过是进入了枕端的洞穴而已。

明万历刻本《新编绣像邯郸记》插图

后来汤显祖的《邯郸记》传奇中，对此段故事情节作了更为丰满的重构：当卢生拿到吕道士赠的枕时，"生作睡不稳介看枕介"，然后便有这样的唱词：

> 这枕呵，不是藤穿刺绣锦编牙，好则是玉切香雕体势佳。呀，原来是磁州烧出的莹无瑕，却怎生两头漏出通明罅。

这样的描写，是有无数的出土瓷枕实物作证的。

在小说《枕中记》中，入枕的这一过程简单到如此自然，浑然无迹，而在《邯郸记》中，因为考虑到戏剧舞台表演的需要，便增加了无限波澜：

（卢生）〔抹眼介〕：莫不是睡起瞇瞪眼挫花。

〔瞧介〕有光透着房子里，可是日光所照？

〔懒画眉〕则这半间茅屋甚光华，敢则是落日横穿一线斜。须不是俺神光错摸眼麻查。待我起来瞧着。

〔起向鬼门惊介〕缘何即留即渐的光明大。待俺跳入壶中细看他。

〔做跳入枕中，枕落去，生转行介〕呀，怎生有这一条齐整的官道。

传统戏剧舞台在表现空间转换时，别有一套固定而抽象，却又无比优美的表演程式。卢生向舞台下场门（即鬼门）的一"惊"，即表现窥见枕中通道的惊讶，后面在舞台上的一跳，则表现身入枕中的过程。于是自此之后，顷刻之间，舞台上的空间已由代表邯郸旅店而变为枕中世界矣。

既然枕上的通风孔常被人幻想成通往异世界的通道，那么，富有想象力和创造力的古代匠人，有时索性将一方睡枕加工成一个精彩的小世界。比如江西丰城市博物馆所收藏的一件元代透雕戏台式瓷枕，是彼时景德镇影青瓷中的杰作：整枚枕的造型被设计成一座仿木结构的彩棚戏台，戏台的檐枋下有勾连如意云纹，宽敞的前后棚台两侧别有彩门，窗格为透雕六瓣栀花连弧图案，门柱上更各有一铺首。门枋两侧悬

江西丰城市博物馆收藏的元代透雕戏台式瓷枕

挂彩幕,麻绞状串珠如意结带对称悬定。棚台前立有一带栏杆,栏柱顶端饰有玲珑莲花。在枕的前后左右,四面空间内雕刻出共四个棚台,内中各有一出戏文,生旦角色齐全,布景道具咸备。

整枚瓷枕,在长不及一尺,高方才五寸的极有限的空间中,灌注了无数的匠心,做得煞是彩结栏槛,玲珑剔透,恰恰为汤显祖所赞的"玉切香雕体势佳"做一注脚。枕着这样的枕头入睡,不知道梦魂是否会随之而飘去勾栏瓦舍,去红氍毹畔,听几出箫笛弦索,看一番搬演的悲欢离合?

如果说这件戏台式瓷枕,让人想起属于关汉卿与王实甫的元大都一番锣鼓四下齐鸣的好生热闹,上海博物馆所藏的这件白瓷殿宇式人物枕,则近乎于诗的意境了:枕面是常见的如意形,枕身却设计成一座木制殿宇,门窗斗拱、基址台阶,无一不具体而微。殿宇有前后二门,前门紧闭而后门半启,门内一人峨冠博带,倚门以待。虽然不见具体

上海博物馆藏白瓷殿宇枕

徐州博物馆藏鎏金镶玉铜枕

面目，但体态中一派悠远从容，教人不由得想起曹唐《小游仙诗》中"云鹤冥冥去不分，落花流水恨空存。不知玉女无期信，道与留门却闭门"的诗境。而那扇半启半掩的门，更容易引发枕上人窥视的目光和想象——不知在门内又是怎样的一个世界？

其实，在枕上表示出通往另一个世界的通道，这种构思，并不自上面有通气孔的瓷枕始。在江苏徐州博物馆的汉玉展厅里，后楼山一号汉墓出土的一枚鎏金铜龙架玉枕，被置于观众目光的中心。枕身金镶玉嵌，极尽华美之能事。而尤为令人注意的，是枕身的中央，设计成一扇大门的模样，左右铺首衔环，正是汉代宫殿的规制。

凝视着这件历经数千年的玉枕，你不禁神思遐飞，陷于无穷的幻想之中：在汉代人龙凤引路，羽人升天的幽暗死亡世界中，如果有人轻轻叩响枕上那青铜铺首下衔着的门环，如果这扇门能够被推开，那么，将步入的门内，会是一个什么样的世界？

纸衣与纸被

宋代是一个纸的应用方式特别广泛的时代，那时候，纸张不仅可用来书写绘画，还能制成抵挡刀箭的盔甲，制成发声清越的箫与笛。更多的时候，某些柔韧性极强的纸张，被当成纺织品有效的替代品，制成了床上悬的帐子、榻上的被褥、身上的衣衫。

今人提及纸衣纸被，往往会想到那些制作精粗美恶不等的冥器。"烧寒衣"的风俗，至今在很多地区还有留存，这些通过火的净化被送往冥府亡者处的衣服，都是用纸糊成的。旧时，讲究的人家，能充分利用各种不同质地的纸，来糊出材质不同的四季衣衫。但是，在宋代，纸衣和纸被的享用者，却是实实在在的存世者。

和纸帐一样，纸衣和纸被的出现，首先是宗教人士出于宗教信仰的需要。在棉花大量流行开来的明代中叶之前，国人要抵御冬日的寒气，最佳的选择，莫过于一袭轻裘，或是一件丝绵袄，然而轻裘系自鸟兽身上剥得，而丝绵和其他一切丝织品的制造，又避不开煮茧缫丝，残害无数蚕的生命。因此，惜生止杀的僧人们，首先选择了以纸为衣，以纸为被。幸好，质地厚实，密不透风的藤纸或楮纸制成的袄和被，足以御寒。

《清明上河图》局部

在唐宋典籍对纸衣纸被的记载中，处处可见僧人或修道者的相关身影。

> 大历中，有一僧称为苦行，不衣缯絮布绅之类，常衣纸衣，时人呼为纸衣禅师。
>
> ——《太平广记》卷二百八十九

> （僧人转智）不御烟火，止食芹蓼；不衣丝绵，常服纸衣，号纸衣和尚。
>
> ——宋·叶绍翁《四朝闻见录》

唐人赠僧诗，亦有刻意提及纸衣者，如殷尧藩《赠惟俨师》：

> 云锁木龛聊息影，雪香纸袄不生尘。

殷尧藩是中唐元和时进士，可见在中唐时，僧人们身穿纸做的衣袄已经成为一种常见的现象。

《清明上河图》局部放大后，可以清晰见到推车上所覆的被褥写有文字，可能是陈旧纸被的物尽其用。

纸袄纸被保暖性强，而价格比起丝织品来又非常便宜，因此这样的风气，很快就从宗教界扩展到了平民和士人的日常生活中。北宋苏易简《文房四谱》中说："今黟、歙中有人造纸衣段，可如大门阖许，近士大夫征行亦有衣之，盖利其拒风于凝冱之际焉。"这种用纸做成的旅行衣着，因为其良好的抗风抗寒效果，而得到士大夫阶层的青睐。苏易简还详细介绍了纸衣的制作方式：

> 每一百幅，用胡桃、乳香各一两煮之；不尔，蒸之亦妙。如蒸之，即恒洒乳香等水，令热熟。阴干，用箭干横卷而顺蹙。然患其补缀繁碎。

或蒸或煮，增加纸张的柔韧性，胡桃、乳香等香料的加入，既增加纸张的香气，又起到一定的防霉防蛀的作用。"用箭干横卷而顺蹙"是非常关键的一道工序，这样使得纸张形成皱纹，更富有延展性，也更接近纺织品的状态。

至于纸料"补缀繁碎"的弊端，宋代人也有针对的法子，传说苏轼作的《物类相感志》中就介绍过修补纸被的方法：

> 纸被旧而毛起者，将破，用黄蜀葵梗五七根，捣碎，水浸涎，刷之，则如新。或用木槿叶捣水，刷之，亦妙。

《物类相感志》是一部搜罗乡野市井间流传的琐碎生活知识的书，像这样用常见的植物来翻新旧纸被的方法，正是宋代百姓在生活中积累的点滴智慧。由此也可见，纸被在宋代百姓中的普及程度。

当然，大部分时候，人们使用纸衣纸被的原因，还是出于经济的考虑。也就是说，纸衣和纸被，是贫寒百姓在寒冬里所能得到的一点廉价的温暖。

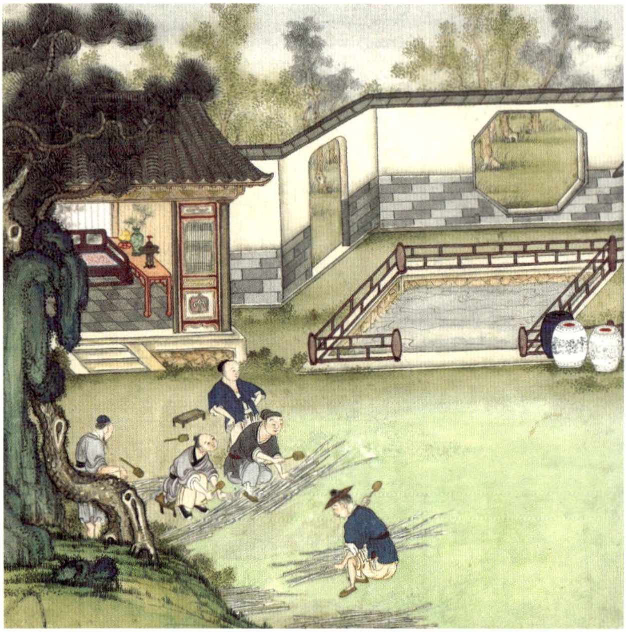

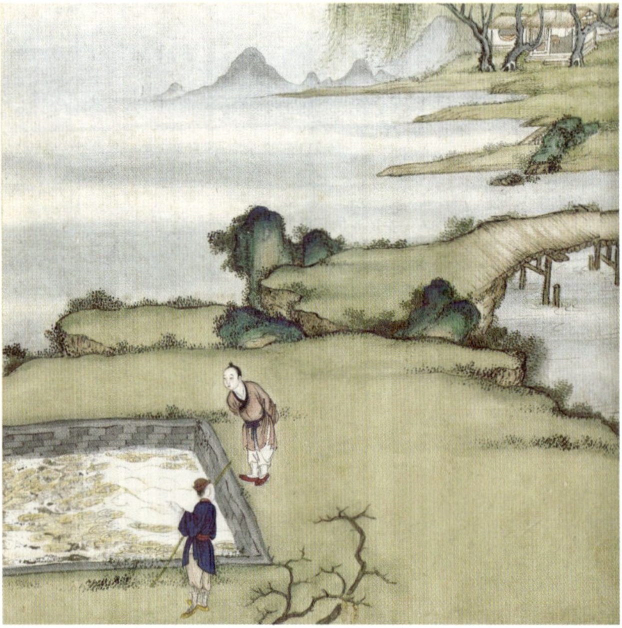

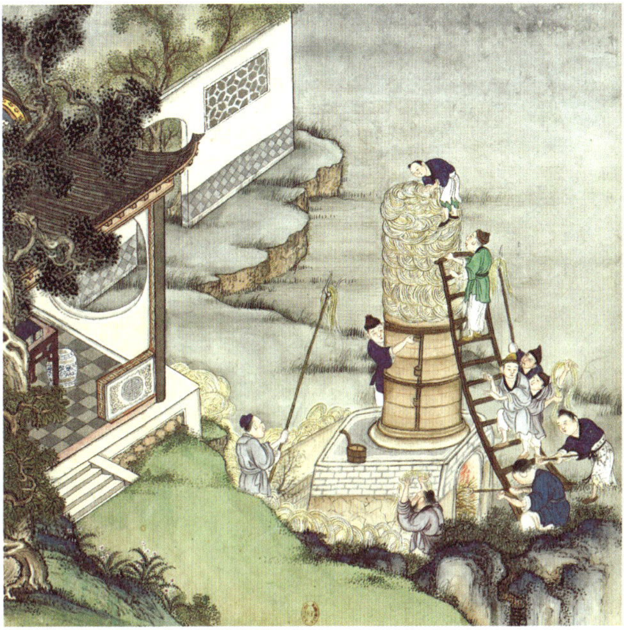

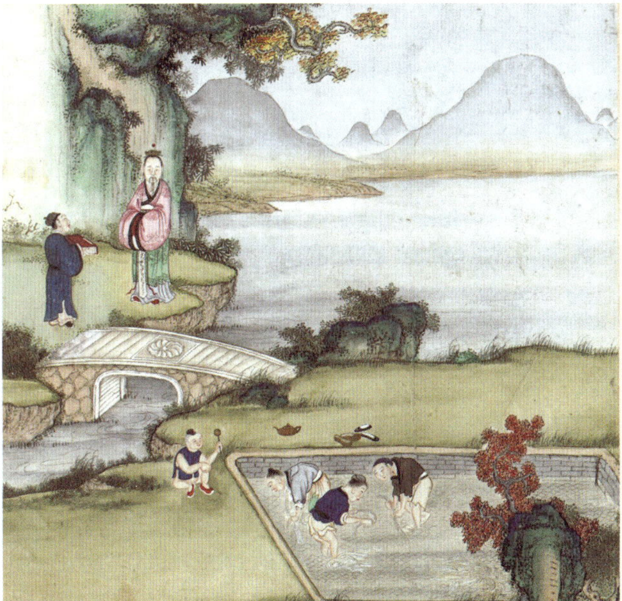

这六幅图选自清代《新诗造纸书画谱》，表现了古法造纸中去皮、灰浆、火煮、摆洗、入帘、焙干等几个步骤。

北宋苏辙曾写过一首《山居苦寒》诗,诗前的小序记载了这样一件事:

苏辙的邻居家,有个姓梁的老婆婆,八十多岁了,弯腰驼背,眼睛耳朵都几乎失灵了。苏辙偶然见到她困苦的样子,很是同情,想着天这么冷,老婆婆也许会冻死吧,心里打算做床纸被送给她过冬,却又一时忘记了。不久,梁婆婆却让她的儿子来跟苏辙讨纸被,梁家儿子也不知道老婆婆为什么突然有这念头,但却和苏辙心中的打算不谋而合,苏辙给了梁婆婆纸被,感慨道:这老婆子老迈年高,而且又聋又哑,难道是她的元神出游于外,探知了我的心思吗?还是寒苦极了,在梦中偶然的巧遇呢?

贫民用之,贫士亦用。陆游有诗曰"幸有藜烹粥,何惭纸作襦。"(《雨寒戏作》)纸襦(即纸袄)和代表着贫民食品的藜粥并提,足可见它代表的清贫生活水准。陆游虽然说是"何惭",但也可看出在一般社会观念中,像陆游这样身份的人穿着纸袄,还是一件挺丢人的事情。

宋代的诗人高翥更是夸张地说:"更有诗人穷似我,夜深来共纸衾眠。"(《同周晋仙夜宿》)文士贫苦,这样的自嘲,实在是苦涩得很了。

纸被虽然是这般常见的穷苦之物,可当擅议论、多内省的宋代诗人用诗意的目光审视它时,纸被便在文学的世界里获得了永恒的生命,也更多一重道德上的寓意。

南宋宁宗庆元三年(1197)的冬天,七十三岁的陆游,从朱熹那里得到了一床纸被,特意写了两首绝句作答:

其 一

木枕藜床席见经,卧看飘雪入窗棂。布衾纸被元相似,只欠高人为作铭。

其 二

纸被围身度雪天,白于狐腋软于绵。放翁用处君知否,绝胜蒲团夜坐禅。

——《谢朱元晦寄纸被》

陆游盛赞纸被"白于狐腋软于绵",如此高度的赞美,无非是出于对友人赠被的善意。而从"木枕""藜床"和已经磨得见出经纬的席子来看,陆游此时的生活是贫寒的,这也是南宋时期纸被出现的通常场景。

同为南宋时人的刘子翚有《吕居仁惠建昌纸被》诗,描绘纸被一物在士人心中引发的感慨极详。

寒声晚移林,残腊无几日。高人拥楮眠,裔卷意自适。素风含混沌,春煦回呼吸。余温偶见分,来自芝兰室。乍舒魄流辉,忽卷潮无迹。未能澡余心,愧此一衾白。尝闻旰江藤,苍崖走虬屈。斩之霜露秋,沤以沧浪色。粉身从澼絖,蜕骨齐丽密。乃知莹然姿,故自渐陶出。治物犹贵精,治心岂宜逸。平生感交游,耳剽非无得。精神随事分,内省殊未力。寸阴捐已多,老矣将何及。自从得此衾,梦觉常惕惕。清如夷齐邻,粹若渊骞觌。独警发铿锵,邪思戢毫忽。勿谓绝知闻,虚闻百灵集。鼎鬴或存戒,韦弦亦规失。则知君子所,惠以励蒙塞。

吕居仁就是著名诗人吕本中。建昌是江西广昌一带,此地"产纸大而厚,揉软作被,细腻如茧,面里俱可用之,薄装以棉,已极温暖。"(《江右建昌志》)可见建昌纸被,实是当地名产。诗人在十二月的末尾,得到友人吕本中送来的这床纸被,享受温暖的同时,更引发"清如夷齐邻,粹若渊骞觊"的议论，一床纸被，隐约着伯夷、叔齐、颜渊、闵骞这些仁人志士的身影。

而谢枋得《乞纸衾》诗则纯从道德情操角度吟咏此物：

> 避世知无地，危身只信天。宁持龚胜扇，不著挺之绵。养性真同道，知心有宿缘。纸衾加惠絮，晴日卧云边。

颔联用两事典：龚胜是西汉末人，王莽代汉后，慕龚胜名声，屡次征其为官，龚胜拒不受命，绝食而亡。"挺之绵"则用本朝陈师道天寒时拒绝向贵戚赵挺之借绵袄，最终受寒而卒的故事。这两个典故，与纸被一物本来毫无干涉，作者用它们入诗，无非是以龚胜和陈师道来自比安贫乐道的情怀。

和被视为高雅趣味的梅花纸帐相比，纸衣和纸被在实际生活中消失得更早，自宋之后，便罕见于典籍。因为纸衣纸被虽然保暖性极强，但是这一优点却也带来不透气的弊端。而衣服与被子贴身近肤，又和有一定空间供空气流通的帐子不同，一旦不透气，则对身体有害。宋代的苏易简《文房四谱》已经指出这一弊端：

> 衣者不出十年，黄面而气促，绝嗜欲之虑，且不宜浴，盖外风不内入而内气不出也。

另外，从明代中叶开始，棉花在大江南北广泛种植，价廉物美。耐磨耐洗濯的棉布的出现，使得贫民阶层再也无须用纸当做纺织品的替代物，纸衣纸被之类，自此告别历史舞台。不过，在晚明时期，纸衣却一度昙花重现。

> 那些后生们戴出那跷蹊古怪的巾帽，不知是甚么式样，甚么名色。十八九岁一个孩子，戴了一顶翠蓝绉纱嵌金线的云长巾，穿了一领鹅黄纱道袍，大红段猪嘴鞋，有时穿一领高丽纸面红杭绸里子的道袍。那道袍的身倒打只到膝盖上，那两只大袖倒拖在脚面。
>
> ——《醒世姻缘传》第二十六回

保守的作者对当时裙屐少年们的时尚风气，可谓痛心疾首，不过却给今人留下一份宝贵的晚明男装时尚史的资料。在晚明少年的这些非主流装束里，"高丽纸面红杭绸里子的道袍"是件中外结合的产物。朝鲜出产的高丽绵茧纸，"色白如绫，坚韧如帛"（高濂《遵生八笺》），自明代传入中国后，深得中土人士的喜爱。《醒世姻缘传》的作者对于以高丽纸为衣大惊小怪，而在朝鲜本国，以纸为衣，倒是常见的事情，如《朝鲜宣祖实录》载："（万历二十年）传于政院曰：'今下捶炼纸八卷，自湖南进上者也，可送于都元帅处，以造纸衣，俵给先锋之士。'"无独有偶，在东邻日本，以日本所产的和纸做成的纸制"白衣"，至今还在寺院的佛教仪式上为参与仪式者所服用。这种白衣的制造，系以楮树皮为原料制成"仙花纸"，做衣时，"先用双手把仙花纸揉搓一下，再卷在木棍上用力压缩，同一方向需重复多次，揉纸做好后，沿横向黏贴，再涂上寒天或魔芋，晾干使用"（冯彤《和纸的艺术》），其加工方式，和中国宋代的制纸衣法，如出一辙。

竹夫人的名字

《红楼梦》第二十二回中，众姐妹作元宵诗谜，曹雪芹一向善弄文字狡狯，将各人的诗谜，暗寓了《红楼》众芳各自的一生命运。其中宝钗作的是一首七绝："有眼无珠腹内空，荷花出水喜相逢。梧桐叶落分离别，恩爱夫妻不到冬。"谜底是乘凉用具竹夫人。

《红楼梦》流传世间二百余年，版本纷呈，这一段的文字在不同版本中有很大差异。脂本系统中如甲辰本，就将此诗系于黛玉名下。其实这首诗词意浅俗，当是曹雪芹借用的民间流行谜语。因为无论是蘅芜君还是潇湘妃子，在闺阁千金们的笔下，都是断然不肯写出"恩爱夫妻"这类字眼的。竹夫人是夏季纳凉用具，如果从生活实用的角度猜想一番，宝姑娘体丰怯热，又是"胎中带来一股热毒"，比起瘦怯怯吃不得冰水的林姑娘来，使用竹夫人的可能性大抵要大些。

《辞源》中《竹夫人》条云："古消暑之具，即竹几。编青竹为长笼，或

薛宝钗画像

取整段竹中间通空,四周开洞以通风。暑时置床席间。"说竹夫人是"古"消暑用具,未必贴切。因为直到二十世纪八十年代,在骑一辆"二八大挂"自行车走街串巷卖各种竹制品的浙江人那里,还有竹夫人挂在车后的青竹支架上出售。都是"编青竹为长笼"的样式,在笼中另外装有两个小型的竹篾球,据说滚动可防内部积垢。当时平民阶层中,连有电风扇的人家都不多,消夏别无长物,但凭一领擦过水的龙须草席,一个自然生风的竹夫人,便度过漫漫夏夜的燠热。

在空调普及的现代,竹夫人早已经从夏日的床榻上消失了。在民俗博物馆中倒还能见到它的身影,那竹质一般都已被摩挲得红润发亮,上有厚厚的包浆。让人不禁追想起,漫长的前工业时代,那一个个茉莉催香、蒲扇生凉、细数萤火的夏夜。

竹夫人本来不过是民家日用之物,并不名贵,但到了爱播弄文字趣味的文士那里,便生生从这件日常用品名称的变幻流转里,引发了无限的旖旎诗情。

竹夫人在唐代出现的时候,还只不过叫作竹夹膝。夹膝者,以膝夹之之物也。这样的名字,赋其功用,实实在在。

夹膝的使用,原早于唐代。《南史·元帝纪》中写宫廷灾异,有"复见小蛇萦屈舆中,以头驾夹膝前金龙头上,见人走去,逐之不及"之语。可见这里的夹膝是放在舆中使用的。唐代夹膝的材质也远不止竹一种,唐诗中写到夹膝的,有温庭筠《晚坐寄友人》诗:"晓梦未离金夹膝,早寒先到石屏风。"张祜(一作袁不约)《病宫人》诗:"佳人卧病动经秋,帘幕缁绅不挂钩。四体强扶藤夹膝,双鬟慵整玉搔头。"常理《古别离》诗:"粟钿金夹膝,花错玉搔头。"可见夹膝的材质,有轻盈的藤,有贵重的金,还常有精美的装饰。而且也不仅仅是纳凉用具,因为无论是温庭筠诗中的"早寒",还是《病宫人》诗中的"动经秋",都不是需要消暑的季节。

竹制的夹膝，唐代又称"竹几"，白居易《闲居》诗："南檐半床日，暖卧因成睡。绵袍拥两膝，竹几支双臂。"上古时期的"几"，原是大家还在地上铺着席子，爬爬跪跪行礼如仪的时代，用来支臂憩体的用具，小小窄窄矮矮，和后世宽大的茶几大不相同。《病宫人》诗中"四体强扶藤夹膝"一句，正是写美人弱不禁风，靠藤制的"几"勉强支撑身体的病态美。白居易诗中的竹几也是休闲而非纳凉的用具，因为穿着丝绵袍子，懒洋洋在南窗下晒太阳打瞌睡的季节，原也和纳凉这件事不相应。

不过，竹制的夹膝，若是在夏天用起来，除了能享受肢体放松的愉悦，当然还能感受到竹制品光滑肌理带来的特有的清凉感。所以晚唐的陆龟蒙在夏天寄了一个竹夹膝给老友皮日休，随赠的诗中，就强调在大热天

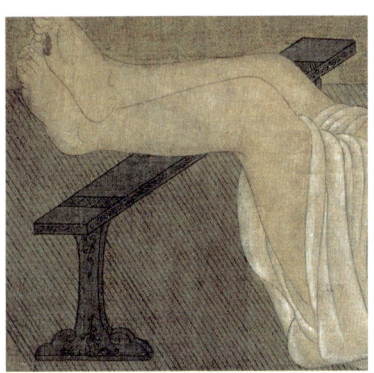

八集堂藏《达摩岳眠》图，画中人的脚翘在一张隐几上。

《达摩岳眠》图局部

里使用竹夹膝的快意：

> 截得筼筜冷似龙，翠光横在暑天中。堪临蕣薰闲凭月，好向松窗卧跂风。持赠敢齐青玉案，醉吟偏称碧荷筒。添君雅具教多著，为著西斋谱一通。
>
> ——《以竹夹膝寄赠袭美》

皮日休收到老友的馈赠后，也和韵一首，表示答谢：

> 圆于玉柱滑于龙，来自衡阳彩翠中。拂润恐飞清夏雨。叩虚疑贮碧湘风。大胜书客裁成筒，颇赛豀翁截作筒。从此角巾因尔戴，俗人相访若为通。
>
> ——《鲁望以竹夹膝见寄因次韵酬谢》

从"圆于玉柱滑于龙"的句中可以想见，唐代的竹夹膝，还是"或取整段竹中间通空，四周开洞以通风"的式样，这种样式后来已经很少见了。

一枚竹夹膝，引出一段文士交谊的佳话。在皮、陆二人的笔下，竹夹膝已经不光是一件生活用品，而是上了一个层次，与青玉案、碧荷筒、书筒、诗筒等并列，成为值得玩赏，富有诗意的"雅具"了。正是这种将日常用品雅化的审美倾向，使得竹夹膝一物成为之后千余年间，诗歌史里绵延不绝的一个绝好诗题。

到了宋诗中，竹夹膝的名字渐渐无人提起。或许是因为由唐及宋，中国人的家具样式发生了巨大的变化，胡式桌椅等物传入中土并迅速普及的缘故吧。国人的坐姿，由席子上的跪坐变为椅上的垂脚坐，随时用来倚靠身体的"粟钿金夹膝"一物，也就渐渐在宋人的生活里失去了踪影。

当然，风俗的变化，非一朝一夕之功，北宋诗中出现的竹几，有时依然承继了唐代夹膝的憩臂休膝功能，比如苏轼的《午窗坐睡》中"蒲团蟠两膝，竹几阁双肘"之句，就明显受到白居易《闲居》诗"竹几支双臂"的影响。中午坐在蒲团上盘着腿打瞌睡，肘下如果有个东西垫着，也的确要舒服得多。

更多的时候，宋诗中出现的竹几，已是夏天纳凉专用的寝具。因为天热时会将竹几抱持终夜，因此民间给它起了个"竹夫人"的谑称。贫人无妻无妾，更别提枕上脂粉添香红袖，唯有怀中竹几伴随长夜漫漫，竹夫人之名，无疑是发源于草根阶级的一点自嘲式幽默。

物以人名，且又是女性，宋人的诗思便由此生发开去。宋人七律中以"竹夫人"一词入对偶句时，拿来作对的，亦是其他拟人化的物品。比如苏轼送了个竹几给友人谢秀才，赋诗说"平生长物扰天真，老去归田只此身。留我同行木上座，赠君无语竹夫人。"（《送竹几与谢秀才》）"木上座"为禅宗典故，"竹夫人"却是民间口语，一僻一俚，两两作对，真是俏皮得紧。陆游《初夏幽居》诗："瓶竭重招麹道士，床空新聘竹夫人"，在天气新热的初夏，酒瓶里的酒喝完了，又打了新酒，床上也新买

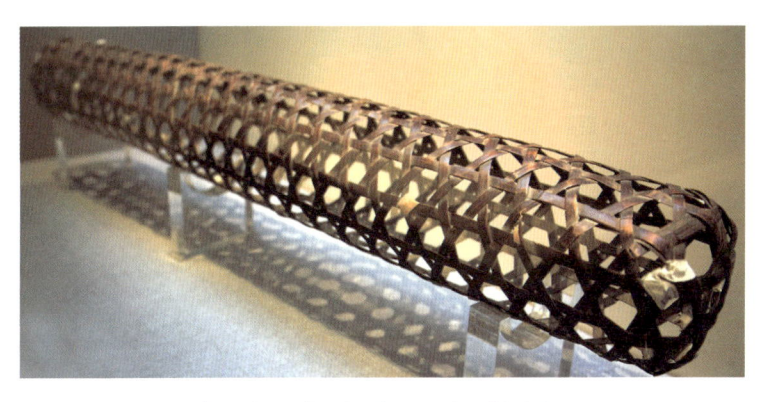

清代竹夫人（浙江湖州中国睡眠文化博物馆藏）

了个竹夫人。内容不过是家常琐屑,而以民间俗语入诗,却写得饶有风趣。这种对普通生活的趣味关注,正是宋诗有别于唐诗的一个重要内容。

既是"夫人",当为正室。南宋李刘写过一篇《蕲春县君祝氏封卫国夫人制》的游戏四六文,一本正经地替床头的竹夫人立了姓氏和封诰:湖北省的蕲春县,是著名的产竹之地,"祝"为竹字的谐音,这个名字拟得谑而雅。末尾一联说"吁戏!保抱携持,朕不忘两夜之寝。辗转反侧,尔尚形四方之风。""保抱携持"语出《尚书·召诰》,原指作为家主的男性护携家人,而后世男主外女主内,保抱携持却全是女主人的任务。"辗转反侧"语出《诗·周南·关雎》,按《毛诗序》的说法,是形容周文王的正妻太姒为了丈夫"以求淑女",辛苦得睡不着觉。二句皆正室之事,这样的比喻,处处紧扣"夫人"之名,又十分贴切竹夫人的实际功用。

然而太姒那样的妻子,到底只是男性塑造出来的理想面目。在封建社会的家庭关系中,正妻虽为丈夫"敌体",主蘋蘩,会宗族,但在获得丈夫的情爱方面,却很难比得过粉白黛绿的新进姬妾。因此做"夫人"的,心底那份酸涩苦楚的嫉妒,却是再多的《关雎》篇也化解不了的,宋人晁说之有《二十六弟寄和江子我〈竹夫人〉诗一首爱其巧思戏作二首》诗,就处处生发这位竹"夫人"心中的苦涩:

其 一

莫愁妩媚主人卢,纤质交竿巧得模。绿粉敢争红粉丽,鱼轩休比鹤轩疏。女英漫对湘君泣,子政徒青天禄书。夹膝得名何不韵,秋来卧病竟何如。

其 二

寥寥故国漫玄卢,内子可怜殊不模。拟比封君宁有实,欲为节妇亦何疏。且休深妒斫桃树，枉是多愁织锦书。贫士一妻常不饱，更烦讥谪几人如。

像尊居郁金堂里的卢家少妇那样，能同时享用丰富的物质生活和丈夫情爱的夫人们，自古以来，又能有几位呢？竹夫人的素淡绿粉，当然无法与姬妾们的红粉娇颜争艳。鱼轩是《左传》里所说的夫人之车，鱼轩既疏，和羊车不至一样，都是夫妻关系情爱冷淡的表现。昔日苏蕙兰靠一篇精心织就的回文锦书，以才思和哀切感动回丈夫。而这样乞求回的爱情，又不知能维持多久的温度？当然，对于贫穷的士人来说，家中只养活得起一位妻子，也就没有富贵人家妻妾交谪于内室中的富贵烦恼了。

竹夫人在炎炎夏夜被抱持不释，等到秋凉如水时，当然就同秋扇见捐一样，被抛弃在一旁了。所谓"恩爱夫妻不到冬"，这样的命运，正如那些不幸的，被抛弃出婚姻之外的女性。后人咏竹夫人，也常借这种哀切的闺思入手譬喻。曹雪芹的祖父曹寅写过一首咏竹夫人的七律，就处处作此闺音：

闲情一赋感羁孤，艳体谁堪竞式模。娱老专夸终席宠，扶衰幸免剥床肤。披扬纨扇抛清夜，屏遣熏笼寄别榻。只此诗家益矜贵，寻常极品锡青奴。

——《戏和静夫咏竹夫人用韵》

句末"青奴"一词，用的是北宋黄庭坚咏竹夫人的典故。黄庭坚的一个朋友赵挕（字子充），写了几首咏竹夫人诗，拿给黄庭坚看。黄庭坚却觉得，竹夫人这个凉寝竹器，其功用是憩臂休膝，怎么是"夫人"的职务？

明明是奴婢之事,名字该降级!于是黄庭坚给竹夫人另外起了个名字叫"青奴",并特意写了两首小诗来冠名:

> 青奴元不解梳妆,合在禅斋梦蝶床。公自有人同枕簟,肌肤冰雪助清凉。

> 秾李四弦风扫席,昭华三弄月侵床。我无红袖堪娱夜,正要青奴一味凉。

写这两首诗的时候,黄庭坚的夫人早已去世,所以用同样丧妻的庄子梦蝶的典故。黄诗好用僻典,有时就需要诗人自己来加一番注释,读者才能解味。本诗即自注云:"'秾李''昭华',贵人家两女妓也。昭华盖王晋卿驸马家吹笛妓。"这些有着漂亮名字的姑娘,在以色艺娱主之外,当然也是要司"肌肤冰雪助清凉"之职的。而这无疑是富贵人家才能享用的艳福。于是清贫的诗人幽默地说:在我的禅斋中,没有娱夜的红袖,却正适合这位不解梳妆的青奴陪伴,助我夏夜的清凉。

从朴素但是"不韵"的"竹几""竹夹膝",到拟人化的"竹夫人",再到不免缙绅气的"青奴",一具青青竹器的名称,在诗人笔端几多变迁,也激发了诗句中关于艳情和欲望的几多想象。而类似于这样的闲情笔墨,却正是中国古典诗歌在"言志""载道"等等严肃大面目之外的真正魅力空间。

超大白板记记记!
——屏风的另一种用途

屏风是用来干吗的?

顾名思义,用来"屏"风,也就是挡风遮寒的。

当然,它还有很多其他的用途,比如说多扇式的曲屏,可以临时用来非常自由地分割室内空间;衙门正堂的正案后,一扇落地大座屏,不仅挡风,还可以衬托大老爷的烈烈虎威。唐宋时期各种立屏、枕屏、围屏上的山水画,则被视为中国山水画史中极其重要的一段。

屏风有极华丽的,比如清代的屏风,种种螺钿镶嵌,八宝堆饰,踵事增华,把烦琐美学发挥到了极点。

屏风也有极素净的:纯用素纸或素绢,不落点墨,干干净净,清清爽爽。设计简洁到极致,和今日的"muji"风不谋而合。不过,古人用素屏,除了极简主义的美学考虑外,其真正的动机无非两个:一、省钱!二、额外免费附送屏风+超大白板二合一功能!

晚年愈发恬淡的白居易,是很喜欢素屏的,他也几次在诗中提到家中的素屏,如:

> 素屏应居士,青衣侍孟光。夫妻老相对,各坐一绳床。
> ——《三年除夜》

> 置榻素屏下,移炉青帐前。书听孙子读,汤看侍儿煎。
> ——《自咏老身示诸家属》

明·杜堇《听琴图》,图中出现了大幅的素屏。

当然此时的白居易用素屏,并不是因为他用不起其他价高的屏风,七十岁的白居易以刑部尚书的职位退休,领着丰厚的退休工资,生活优渥。但为什么还那么喜欢素屏呢?白居易特意写了一首《素屏谣》来表达心声:

> 素屏素屏,胡为乎不文不饰,不丹不青?当世岂无李阳冰之篆字,张旭之笔迹?边鸾之花鸟,张璪之松石?吾不令加一点一画于其上,欲尔保真而全白。吾于香炉峰下置草堂,二屏倚在东西墙。夜如明月入我室,晓如白云围我床。我心久养浩然气,亦欲与尔表里相辉光。尔不见当今甲第与王宫,织成步障锦屏风。缀珠陷钿贴云母,五金七宝相玲珑。贵豪待此方悦目,晏然寝卧乎其中。素屏素屏,物各有所宜,用各有所施。尔今木为骨兮纸为面,舍吾草堂欲何之?

为什么一不像富贵人家那样,用"缀珠陷钿贴云母,五金七宝相玲珑"的华丽屏风,二不用上有"李阳冰之篆字""张旭之笔迹""边鸾之花鸟""张璪之松石"的文艺屏风,堂堂刑部尚书之家,却要用这种木为骨纸为面的素屏?白居易说,情怀啊情怀,人生最重要的是情怀!我家的素屏风,取的就是这个素净劲儿,就是这种返璞归真之美,好一似吾胸中的浩然之气哇!

从史料记载来看,这种素屏风,不仅出现在白居易这样的朴素美学爱好者家里,也会出现在其他仕宦之家,乃至宫廷中。其目的,却不是美学上的考虑,而是重视素屏的另一种附加功能:可随时书写的超大号便利白板。

在历史上,将素屏当作超大白板来使用的最著名人物,乃是唐太宗。其时官制,知县一职由五品以上官员推荐,而刺史和州郡都督的人选,

则要朝廷拟定。唐太宗为了拟妥人选,煞费苦心,将这些人的姓名都记在身边的屏风上,并附注记下其善恶事迹,暗暗较其优劣,以备迁谪和赏罚,工作可谓认真细致。所以,姓名能入于御屏,便成了臣子

清·陈书绘《唐太宗屏书刺史图》(局部)

深得君王信任的典故,当然也有对君王勤政的赞美在其中。比如宋代的杨后宫词即有一则云:

> 用人论理见宸衷,赏罚刑威合至公。天下监司二千石,姓名都在御屏中。

就是用唐太宗的典故来歌颂本朝君主了。宋代皇帝也的确喜欢仿效这个,比如宋真宗时,吕夷简升为龙图阁直学士,迁刑部郎中,权知开封府。因为吕夷简"治严办有声",所以宋真宗"识姓名于屏风,将大用之"(《宋史·吕夷简本传》)。无疑是对唐太宗的一种"cosplay"。

白板书写爱好者唐太宗,不仅喜欢用素屏来记事,还喜欢在素屏上驰骋书法。《唐会要》曾记贞观十四年四月二十二日太宗自为真草书屏风,以示群臣,笔力遒劲为一时之绝。唐太宗所写的这扇真书屏风未能流传于世,草书的那扇却保留了下来,宋嘉泰四年(1204)王允初刻于余杭,即今日的《唐太宗草书屏风帖》是也。明代的《戏鸿堂帖》翻刻了《唐

《唐太宗草书屏风帖》(局部)

太宗草书屏风帖》的一部分,其后有南宋祝宽夫跋语云:"右唐太宗屏风书,余从兄季平家所藏,盖从祖绍兴初为江西漕属,以重赂得于北人南渡者,凡十一幅,皆绢素也。其上杂绘禽兽水藻之文,犹隐可认。"可见皇家到底是皇家,即使是素屏,也是用"其上杂绘禽兽水藻之文"的绢和素制成,比白居易家的纸质版素屏可要豪华多了。

姓名被唐太宗这样的君主惦记,写在素屏上备忘,对士大夫来说是件倍儿有面子的荣耀。但如果换了另一种君主,故事就不那么美好了。明宪宗成化二十一年,宪宗曾摆出开明君主的姿态下诏求言,令九卿大臣各上言数事,九卿大臣们深知这位皇帝的德行,于是"率有所避,无甚激切者",尽管如此,还是有那么几位胆子肥的愣头青上书,说了些"神仙、佛老、外戚、女谒,声色货利,奇技淫巧,皆陛下素所惑溺,而左右近习交相诱之"的不和谐话语,让宪宗很是不愉快。但面子上,由于是宪宗自己主动下诏求言,刚刚"自行修省,不宜加罪言事者",不好直接贬斥。于是宪宗搜罗了一下这些让他不愉快的人,共有六十位之多。一边暗暗指示吏部

《养正图解》(明·焦竑撰、丁云鹏绘图,明万历二十二年吴怀让刊本)插图,在周武王的身后是一架素屏风,类似的素屏风在本书中的人物画中出现多次

尚书给他们穿小鞋插黑刀,一边还自己亲自"书六十人姓名于屏","俟奏迁则贬远恶地"(《明史·汪奎传》)。这种明面上做仁君,私下里却打击报复咬住不放的阴毒劲儿,几百年后犹让《明史》的读者脑后阴风阵阵,遍体生寒。

《水浒》第七十二回里写柴进偷入皇家禁院,看到宋徽宗的书房睿思殿里:

> 正面屏风上,堆青叠绿,画着山河社稷混一之图。转过屏风后面,但见素白屏风上,御书四大寇姓名。写着道:"山东宋江,淮西王庆,河北田虎,江南方腊。"

同样也是做皇帝的拿素屏来当做大号记事白板用,记的是待解决的

宋高宗书、马和之绘《孝经图》中有书法屏风

首要四大工作难点。

当然，拿素屏当白板来随手记事并非皇家的专利。普通人也常这么干——反正素屏便宜。岳珂《桯史》中记载宋宁宗时的大将郭倪，自我感觉甚是良好，再加上"宾客日盛，相与怂恿"，"直以为卧龙复出"，自己以为是诸葛亮再世了，还"酒后辄咏'三顾频烦、两朝开济'（按：杜甫《蜀相》咏诸葛亮名句）之句，屏风四面一一皆书此二句"。这位将军在屏风上写满了励志名句，当时颇唬住了朝野上下很多人。然而不久之后的韩侂胄北伐中，郭倪雄赳赳领军一道，进攻宿州，却很快被金兵打得一败涂地。由此看来，鸡汤励志类口号，在任何时代都未必有用。

第四章

闲居拾零

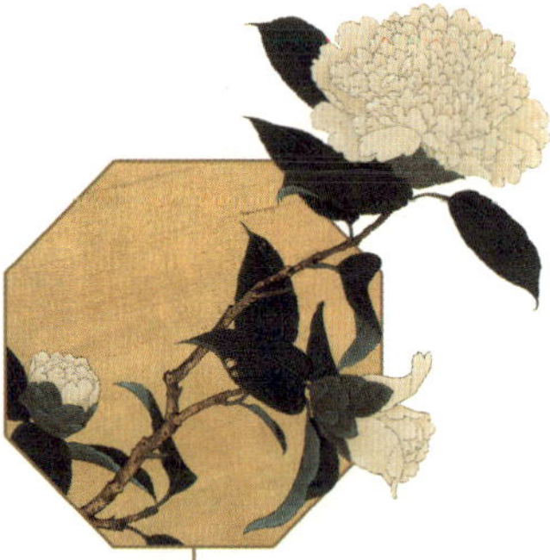

柳枝佛影，酒魄花魂
——从军持到玉壶春

每每翻开瓷器名录，不必阅读内容，光是浏览前面目录，就有一种文字带来的享受，这些由土与水制成、再经历烈火重浴的美丽瓷器，有那么多同样美丽的名字：梅瓶、海棠盒、天球瓶、四系瓶、葵瓣笔沈、折腰杯……其中最诗意的名字，莫过于"玉壶春瓶"。每次看到这名字，都不由想起唐人《二十四诗品》中《典雅》篇里的名句：

玉壶买春，赏雨茅屋;座中佳士，左右修竹。

在潇潇春雨中，茂林修竹掩映的茅屋里，和一二知己，把酒听雨，这是典型的中国诗的意境。

而玉壶春瓶的造型，也的确当得起这个优雅的名字：它撇口细颈、垂腹圈足，纤细的瓶颈极具流线美，尤其是瓶腹造型，盈盈如一滴将坠的水滴，配以较大的圈足，稳稳当当立在案上，于一片

清雍正时期霁红釉玉壶春瓶

宁静中，更有动态之趣。比起梅瓶的典重、四方瓶的华贵，玉壶春瓶的造型，饶有清秀之姿，像一支短短的笛曲，像一首七绝。玉壶春瓶不宜摆在正厅大堂这种庄重的场合，却适合在书斋卧房，在书案角落，或是香几之上，插花枝一二，与人相对。

可若是细细追溯起来，这般富有中国式雅趣的玉壶春瓶，却有着充满异国风味和宗教气息的往事前生。

玉壶春瓶的"原身"，乃是佛教中僧人所用的军持。

军持是梵文 kundika 的音译，其他译名如君持、君迟、军迟、军挺、捃稚迦，无非一音之转，意译便是水瓶。瓶为比丘十八物之一，早年印度僧人修行清苦，出游时随身携带一份必备日用品，便千里万里随处可行，倒好像今日极简主义的背包族。其中便有用来洗手的净瓶，《释氏要览》中说："净瓶，梵语军迟，此云瓶。常贮水，随身用以净手。"

具体说来，军持一物，又有分装饮用水之"净瓶"与洗手用之"触瓶"之分。佛教仪轨烦琐，净瓶的使用有着种种规范。唐代僧人义净，咸亨二年（671）出发去了一趟印度，又去了苏门答腊等南亚三十余国，回国后写了一本《南海寄归内法传》，书中详细介绍了当时所见的印度及其所历南亚诸国所行的佛教仪轨四十条，第六条

漳州窑五彩花卉纹军持

即是《水有二瓶》：

> 凡水分净触，瓶有二枚，净者咸用瓦瓷，触者任兼铜铁。净拟非时饮用，触乃便利所须。净则净手方持，必须安着净处。触乃触手随执，可于触处置之。唯斯净瓶，及新净器所盛之水，非时合饮。余器盛者名为时水。中前受饮即是无愆，若于午后饮便有过。其作瓶法盖须连口，顶出尖台可高两指。上通小穴粗如铜箸，饮水可在此中。旁边则别开圆孔，拥口令上竖高两指，孔如钱许，添水宜于此处。可受二三升，小成无用。斯之二穴恐虫尘入，或可着盖，或以竹木，或将布叶而裹塞之。彼有梵僧取制而造。若取水时，必须洗内令尘垢尽方始纳新。岂容水则不分净触。但畜一小铜瓶，着盖插口倾水流散。不堪受用难分净触，中间有垢有气不堪停水，一升两合随事皆阙。其瓶袋法式，可取布长二尺宽一尺许，角襵两头对处缝合，于两角头连施一襻才长一磔，内瓶在中挂髆而去。

从文中可知，净瓶是盛饮用水的瓶，一般用瓷器或陶器。其形制是细颈大腹，大概可容两三升水，细细的长颈是为了避免尘土小虫污染瓶中之水。腹部另外开一口供往瓶中灌水之用，两个开口都配有盖子。净瓶另配有布做的瓶袋，可以把瓶装在里面挂在胳膊上，有点像今天为户外饮水杯配一个套子。

净瓶用瓷器或陶器而不用铜铁等金属的缘故，义净在《受用三水要行法》中说得也很明白："净瓶须是瓦，非铜澡罐，由其瓶内有铜青不净不得灰揩故。……然五天之地，无将铜瓶为净瓶者，一为垢生带触，二为铜腥损人。"可见净瓶的材质不取金属，是因为金属接触水，容易生成对人有害的氧化物。

敦煌壁画（图一）　　　　　　敦煌壁画（图二）

在早期的佛教绘画中，经常能看到此类双口净瓶，如敦煌壁画（图一）中的这位僧人，结跏坐于郊外，下铺座具，大概是在漫长的行程中，暂且休息一下。他身边的树上挂着念珠和布囊，另一侧的地上就放着一只双口净瓶。僧人的面上有种小作憩息的悠然。在另一幅敦煌443窟的壁画中（图二），则出现和其他物品一起挂在树上的连网兜袋的净瓶，净瓶边上那个长长的三角形如同捕虫网一般的物件，可能就是同为"比丘十八物"之一的滤水囊。

义净反复强调净瓶不可用铜、铁等金属材质，但从国内出土的各种唐宋净瓶的实物来看，其中不乏以铜制成的净瓶。而且净瓶的大小也严重"缩水"，大多数净瓶的高度，连上细细的高颈，也多不过二十厘米左右，很多净瓶的瓶腹不过一拳大小，绝非义净当年所记载的"可受二三升"的规模。

究其本因，可能是因为此时在中原佛教中的净瓶，已经渐渐失去为行路僧提供饮水的实用功能，而更多成为一种象征性的佛教用具了。这种风气的转化,在佛教典籍中偶尔能得到一些旁证,如《景德传灯录》卷九《潭州沩山灵祐禅师》一章中有公案云:"百丈是夜召师入室,嘱云:'吾化缘在此,沩山胜境,汝当居之,嗣续吾宗,广度后学。'时华林闻之,曰:'某甲忝居上首,祐公何得住持?'百丈云:'若能对众下得一语出格,当与住持。'即指净瓶问云:'不得唤作净瓶,汝唤作什么?'华林云:'不可唤作木㮾也。'百丈不肯,乃问师,师蹋倒净瓶,百丈笑云:'第一坐输却山子也。'遂遣师往沩山。"

百丈和华林、灵祐两位禅师的对话是发生在室内,百丈就地取材,以身边的净瓶随手拈来出题。可见净瓶是僧人在寺院生活时身边常备的器物。

因为净瓶入中土后使用功能的变化,其形制也产生了变化,早期的双口净瓶,其形制一如义净笔下所记,但后来渐渐变成单口净瓶,瓶腹上用来灌水的侧开口没有了,瓶端

日本奈良国立博物馆藏中国元代佛画《白衣观音像》(局部)

美国纳尔逊·阿特金斯博物馆藏中国十三世纪绢画《水月观音》(局部)

用来防尘土小虫污染的盖子也渐渐消失。而且瓶颈缩短，口部变成撇口，线条更富流畅之美。

在后世的世俗文化中，佛教中净瓶的形象，渐渐被固定到了观音的身上，《妙法莲华经观世音菩萨普门品》的赞颂中，即有"瓶中甘露常时洒，手内杨柳不计秋"之句。此瓶在白衣观音、杨柳观音、青颈观音等造型中经常作为一种"标配"而出现，中插柳枝一二，其形制正是世间寺庙中的净瓶，但比起出土的唐宋净瓶实物来，瓶身更加瘦小，整体造型偏于细长。如奈良国立博物馆藏中国元代佛画《白衣观音像》，观音身边的山石上，玻璃钵中放着净瓶，中插杨柳一枝，净瓶呈棒槌形。美国纳尔逊·阿特金斯博物馆藏十三世纪绢画《水月观音》中，低眉抱膝的观音身边是同样的配置：玻璃敞口钵中放着棒槌形细长的净瓶，内插柳枝。倒是晚明丁云鹏的一幅《观音像》里，观音身边的那个净瓶，细看可见在腹部另有一口，仍然

明·丁云鹏绘《观音图》（辽宁省博物馆藏）

是净瓶非常古老的形制。

印度净瓶在中土寺院中发生形制变化的同时，净瓶在中国也跨出了禅寺古刹，走向世俗的烟火人间。因为净瓶细颈大腹的形制，特别适合储水，不易倾倒，所以在凡人的生活中，净瓶被开发出了新的功能：插花。

宋词中有句云：

> 海外无寒花发早。一枝不忍簪风帽。归插净瓶花转好。维摩老。年来却被花枝恼。
>
> ——李光《渔家傲》

又：

> 沉水香销梦半醒。斜阳恰照竹间亭。戏临小草书团扇，自拣残花插净瓶。
>
> ——黄升《鹧鸪天》

二词所写，均是士大夫阶层折花插瓶的雅事，却已经是与宗教题材无关了。

同样在宋代，净瓶渐渐脱胎而成瓷器中的玉壶春瓶，多余的层次被一概删净，颈部至瓶腹的线条更

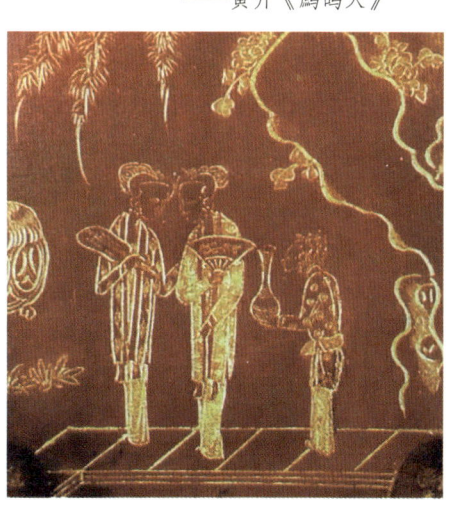

江苏常州武进区村前乡南宋五号墓出土戗金朱漆奁盖

为柔和，原本的扁腹或圆腹变成杏圆状下垂腹。此后历经宋、元、明、清、民国直至当代，虽形制略有变化（如后来瓶盖基本消失，少数实物有双耳等），但其基本形态未变，成为中国瓷器造型中的一个优美存在。玉壶春瓶佳名的由来，很可能指这种类型的瓷瓶最早继承了净瓶贮水的功能，为装酒之用。"玉壶"本是酒壶的美称，"春"则为唐宋时期称酒之名。《水浒传》中《及时雨会神行太保　黑旋风斗浪里白跳》一回，写宋江、戴宗并李逵三人在江州的琵琶亭酒楼上吃酒，"酒保取过两樽玉壶春酒，此是江州有名的上色好酒，开了泥头"。又两樽酒三人共饮，且是酒保"连筛了五七遍"，可见这一樽酒的容量着实不小。

完全可以想象，器以酒名，人们逐渐将玉壶春酒特有的原包装——这种撇口、细颈、溜肩、垂腹、圈足的瓷瓶，称为玉壶春瓶。在江苏出土的南宋戗金朱漆奁盖上，两位持扇的窈窕佳人正在花园中喁喁细语，旁侍的女童手中正捧着一只玉壶春瓶，是供折枝插花，还是供两位女主人玩赏？

许之衡《饮流斋说瓷》玉壶春条曰：

口颇哆，项短，腹大，足稍肥，亦雅制也。天青积红者，尤居多数。此式大半官窑，甚少客货。而官窑又大半纯色釉也。

被视为"雅制"的玉壶春，便逐渐告别了酒家垆，登堂入室，成为一种纯粹的装饰瓷。当然，它还是保存了插花的功能："青琐窗深红兽暖，灯前共倒金尊。数枝梅浸玉壶春。雪明浑似晓，香重欲成云。"（宋·曹组《临江仙》）本来嘛，适宜插在这般清雅的瓷瓶中的，也只有香清似云的梅花呀。

明·项元汴撰《历代名瓷图谱》（英译本）之"元朝枢府窑暗花蒜蒲小瓶"。图注曰："大小适中，置之燕几，以蓺草本诸花，若水仙、秋海棠、金萱、短叶菊花最妙。此亦余斋中物也。"

拍浮酒船

陆游是真的醉了。

这是南宋嘉泰四年（1204），初夏的山阴乡间。正是小荷尖尖才出水，榴花似火照眼明的时节，青青的梅子，时不时砰的一声，落在酒席旁。

这是一次乡间的酒宴，与座的都是乡亲四邻，一片欢笑中，众人频频举杯相祝。可别笑话这些醉态可掬的乡里人哪，"要是安健无凶灾"，可是最值得庆贺的事情哪！

八十岁的老诗人陆游，已是醉得步履蹒跚，不仅抢着在萧萧白发上簪花，还跟众人一起，离席翩然起舞，更豪迈地夸言："要知吾辈不凡处，一吸已干双玉船！"（《即席》三首之二）

在这首诗中，大诗人的满腔豪情，体现在"玉船"一词中，若是换作"玉杯""玉盏"之类，气势则一下子削弱了许多。因为玉船是一种大型的船状酒具，其容量远大于普通的杯盏。就像司马光诗中说的，"白玉舟横酒量宽"（《和王少卿十日与留台国子监崇福宫诸官赴王尹赏菊之会》），能拿酒船喝酒，是需要一副大酒量的，更何况是一口气将两只酒船吸干。

在宋代的酒席上，这种玉制的酒船，往往是用来罚酒的器具。苏轼《次韵赵景贶督两欧阳诗破陈酒戒》诗说："酒中哪有失？醉则不惊鸥。明当罚二子，已洗两玉舟。""两欧阳"是欧阳修的两个儿子欧阳棐和欧阳辩，苏轼跟这两位年轻后辈说，喝酒这种事儿，打什么紧？明儿咱们好好喝一场，还要罚你们的酒，我这边已经准备好两只酒船候着啦！

这里说到的"玉舟"，倒不是泛泛的诗中用典。苏轼家里是真的有"玉舟"的，只是材质不是真正的昆仑美玉，而是杭州特产"药玉"。

宋代的"药玉",就是后来明清时所说的料器,是一种半琉璃制品。色泽光润,而价钱又低廉,用来做日常使用的酒器很是相宜。所谓"镕铅煮白石,作玉真自欺。琢削为酒杯,规模定州瓷。荷心虽浅狭,镜面良渺弥。持此寿佳客,到手不容辞。"(苏轼《独酌试药玉滑盏有怀诸君子明日望夜月庭佳景不可失作诗招之》)能跟著名的定州白瓷相比,可见药玉酒器是很光洁漂亮的,无怪佳客们要"到手不容辞"了。

在宋代,这种药玉船酒器,是浙江杭州的土产。苏轼当年在杭州通判任上,买过一批药玉船酒器,几年后还寄给表弟文与可两只:

离浙中已四年,向亦有少浙物,久已分散零落矣。有药玉船两只,献上,恰好吻酌,不通客矣。呵呵。杭州故人颇多,致之不难,当续营之。但恐得后不肯将盛作见借也。

——苏轼《与文与可三首(之二)》

这封短柬写得很幽默,有着浓厚的世间味。送去的东西虽不名贵,兄弟之间的情谊却很深。苏轼在杭州买的这几只药玉船,后来是一直带在身边的。在谪居黄州时作的《二月三日点灯会客》诗中说:"江上东风浪接天,苦寒无赖破春妍。试开云梦羔儿酒,快泻钱塘药玉船。"黄州贬谪的生涯,又遇上料

苏东坡道人像

峭的春寒,不痛饮一番,怎生破除这无际的寂寥?而只有大容量的杭州药玉酒船,才当得起"快泻"二字,可以痛快地一浇诗人胸中的块垒。

在宋人诗中,提到药玉船的地方很多,和一曲新词酒一杯式的浅斟低唱不同,药玉船中满载的,往往都是诗人淋漓的酒意和豪气。比如牟巘五的《宴公孙倅乐语口号》:"药玉船中频送酒,镂金胜畔又行灯。"周必大的《腊旦大雪运使何同叔送羊羔酒拙诗为谢》:"浅斟未办销金帐,快泻聊凭药玉船。"而杨万里在"酿出羔儿酒一壶"后,更特意强调"销金帐下有此否,药玉船中不用酤"(《归舟大雪中入运河过万家湖》),诗句的灵感,一来自党太尉羊羔美酒销金帐,一来自上引的苏轼诗,却是把好端端的生活,过成了两个文学典故。

酒船起于何时?笺注家每引《周礼·春官·司尊彝》:"春祠,夏神禴,裸用鸡彝、鸟彝,皆有舟。"郑玄注引郑司农云:"舟,尊下台,若今承盘。"这里的舟,虽与酒相干,却不是后世酒船的前身,而是台盏的原型。

将酒器加工成中空的船形,这样的灵感,还应是来源于风流任诞的魏晋人士的美好想象。《晋书·毕卓传》:"卓尝谓人曰:得酒满数百斛船,四时甘味置两头,右手持酒杯,左手持蟹螯,拍浮酒船中,便足了一生矣。"《世说新语》中《任诞》篇亦引此段,"酒船"作"酒池"。无论是船是池,舟行、水波、美酒、佳肴,这些关键词,都构成了魏晋人士对自由人生的完美设定。

舟行比起陆居,本就更多自由,更少日常起居仪礼的重重束缚。像春秋时的范蠡那样载美人泛舟于五湖烟雨之中,简直是中国历代文人共同艳羡不已的一个隐逸之梦。梦虽不可轻易为真,然心向往之,自可勉力仿效一番:大举,可像米芾那样,宦游外出时,往往"随其所往,载书画于舟中",过过"快霁一天清淑气,健帆千里碧榆风"(米芾《虹县旧题》)的潇洒日月。小举,便可制一只酒船,举杯快泻,在股掌之间,追逐一番毕卓式的快意任情。

酒船的制造，从传世文献来看，当从六朝开始。北周庾信《北园新斋成应赵王教》诗有"玉节调笙管，金船代酒卮"之句，清人倪璠注庾子山集，引陈思王曹植作鸭头勺、鹊尾勺浮于九曲酒池的故事为本诗作注，那还是晋代人用羽杯曲水流觞的遗制。

宋人编的《大业拾遗记》中有一段关于隋炀帝令人作"行酒船"的记载，写得神乎其神：

> 又作小舸子长八尺，七艘。木人长二尺许，乘此船以行酒。每一船，一人擎酒杯立于船头，一人捧酒钵次立，一人撑船在船后，二人荡桨在中央，绕曲水池。回曲之处，各坐侍宴宾客。其行酒船，随岸而行，行疾于水饰。水饰行绕池一匝，酒船得三遍，乃得同止。酒船每到坐客之处即停住，擎酒木人于船头伸手。遇酒，客取酒饮讫。还杯，木人受杯，回身向酒钵之人取勺斟酒满杯。船依式自行，每到坐客处，例皆如前法。

这是一种复杂到令人惊叹的机关傀儡，《大业拾遗记》的作者说是出自一位叫黄衮的工匠之手。这种行酒船，和上文庾信诗中的"金船"一样，都是席上行酒助兴的器具，而非直接

新石器时代半坡文化船形彩陶壶（中国国家博物馆藏）

饮酒之用。庾信诗"金船代酒卮",是说酒席十分尽兴,众人喝得兴致大发,索性不用酒杯,拿着行酒的金船喝了起来。好像现代人喝酒喝到快活处,丢开小酒杯,直接举瓶而饮一样。

作为直接饮酒之具的酒船,应始于唐代。《唐语林》卷四中记载了一则玄宗李隆基未即位时的逸事:

> 明皇为潞州别驾,入觐京师,尤自卑损。暮春,豪家子数辈游昆明池,方饮次,上戎服臂鹰,疾驱至前,诸人不悦。忽一少年持酒船唱曰:"今日宜以门族官品自言。"酒至,上大声曰:"曾祖天子,祖天子,父相王,临淄王李某。"诸少年惊走,不敢复视。上乃连饮三银船,尽一巨馅,乘马而去。

《唐语林》中将这一则逸事归入《豪爽》一门,酒船显然是这位未来帝王展示王霸之气的关键道具。

在唐诗中,还常见"觥船"一词,这也是后世的酒船。李贺《河阳歌》:"月从东方来,酒从东方转。觥船钗口红,蜜炬千枝烂。"在灿烂的华烛下,觥船与美人红艳的口脂相映,如此绵绵良宵,怎能不尽情举巨杯作长夜之饮,直至东方之既白?杜牧《醉后题僧院》诗:"觥船一棹百分空,十岁青春不负公。"在纵情豪饮中度过的青春,纵使在鬓丝禅榻的中年回首,也是无悔的吧。而三流诗人李咸用一首不出名的《晓望》诗,则强调了将酒器设计为船状的真正内涵,在一番"世情随日变,利路与天长"的感慨后,诗人说:"好驾觥船去,陶陶入醉乡。"手中的酒船,正是这样一种在醉意朦胧中激发逃世想象的最佳工具。

而在宋代,普通的酒船不过是做成中空的船形而已,皇家所用的高级品,却自另有一番机关。南宋周密《武林旧事》中有一段这样的记载:

淳熙六年三月十五日，车驾过宫，恭请太上、太后幸聚景园。次日，皇后先到宫起居，入幕次换头面，候车驾至，供泛索讫，从太上、太后至聚景园。太上、太后至会芳殿降辇，上及皇后至翠光降辇，并入幄次小歇。上邀两殿至瑶津少坐，进泛索。太上、太后并乘步辇，官里乘马，遍游园中，再至瑶津西轩，入御筵。至第三盏，都管使臣刘景长供进新制《泛兰舟》曲破，吴兴祐舞，各赐银绢。上亲捧玉酒船上寿酒，酒满玉船，船中人物多能举动如活，太上喜见颜色。散两宫内官酒食，并承应人日子钱。

淳熙是宋孝宗年号，孝宗得"孝"字为谥号，确实是在孝养上恭顺无比。文中的"太上"指宋高宗，和身为宋太祖之后的孝宗之间本无父子血脉，所以孝宗的孝行，更是格外难得。这具用来向高宗敬酒的玉酒船，能够在酒满玉船后船中人物举动如活，可能是中间藏有利用酒水浮力来操纵人物的机关。从"太

元·朱碧山制银槎杯（故宫博物院藏）。在元明时期流行的银槎杯，可视为酒船的另一种变形。元人陶宗仪《辍耕录》记："浙西银工之精于手艺，表表有声者，屈指不多数也：朱碧山、谢君余、谢君和、唐俊卿。"谢氏兄弟均为吴具木渎人，与朱碧山为好友。清人王士禛《池北偶谈》载："元人所造银槎最奇古，腹有文，曰'至正壬寅吴门朱华玉甫制'。华玉号碧山。"

上喜见颜色"的效果来看，孝宗借玉酒船表达的孝心，也就十分到位了。

从周密的记载来看，这种内藏机关的酒船在南宋时还是一件稀罕物件，但到了明代时，已经在民间比较常见了。明人沈沈《酒概》中说："今酒船，以金银为之，内藏风帆十幅，注酒满一分，则一帆举，饮干一分，则一帆落，真鬼工也。"利用的还是杯中酒水的浮力。

传世的酒船实物很少，幸而二十世纪七十年代，在浙江龙泉县出土了一具宋代青瓷酒船，弥补了我们对于宋诗中饮宴空间的想象。这具酒船，釉色正为龙泉瓷特有的浅绿色。器呈船形，而仓棚护栏毕具，以宽厚的船舱为杯腹，平缓的船尾为饮酒口。全器长 13.7 厘米，约一掌有余。要一口气喝完这样的两船酒，陆游的酒量，可真不小。

乌龙赵飞燕

也许,把玩古物最大的乐趣,就在于想象。

如韩文公愈,对着一方石鼓文拓片,便驰骋想象于"周纲陵迟四海沸,宣王愤起挥天戈。大开明堂受朝贺,诸侯剑佩鸣相磨"(《石鼓歌》)的壮景,虽然他老人家判断错了石鼓文的朝代,却并不妨碍他的神思洋洋洒洒,飞扬千载之前。

对更重古玩的后人来说,赏鉴有"长乐未央"字样的瓦当拓片,不妨在思绪中穿越回那个"大风起兮云飞扬"的时代,聆听汉宫中的暮鼓晨钟。摩挲案头的一块铜雀台瓦砚,心头浮起的当然是"分香卖履"的故事,可发纵使英雄豪杰如曹阿瞒,也脱不了儿女柔情的感慨……

如果,手中的古物与女性有关,这样的想象,更容易引起某种兴奋、暧昧,滋味无穷……

以砚台为例,古代制砚名工多矣,却大多湮灭名姓。而清代苏州女砚工顾二娘,却屡见于诗人吟咏、笔记记载。古玩市场上,顾二娘砚赝品极多,远胜同时代砚工作品。顾二娘既非名臣也非名士,如此出名,沾的还是性别的光。

至于一些曾属女性所有的砚台,如叶小鸾眉子砚、薛素素脂砚、马湘兰小砚等,更是藏砚者的心头珍宝。清代直至民国的笔记中,对这些和名妓闺秀搭上关系的砚台的流传,无不津津乐道,相关记载数不胜数。

如果,这件古物的原主,不仅是一位女性,还是一位美人,而且是历史上著名的美人呢?

清道光五年(1824)的十二月,龚自珍就收买到这样一件异宝。

这是一方汉代白玉印章,印纽作飞鸟形,纽上带血斑一抹,印文为鸟虫篆。自幼从外祖父段玉裁精读《说文》的龚自珍,辨识印文,认为是"倢伃妾赵"四字。

"倢伃",即婕妤,妃嫔称号之一。汉代的婕妤在后宫系统中地位较高,《汉书·外戚传》中称其"视上卿,比列侯"。汉宣帝的许皇后,就是由婕妤直接"升职"为皇后的。

汉代宫中有名的婕妤有四位:一位是汉武帝钩弋夫人赵氏;一位是作《团扇诗》的那位贤良的班婕妤;另外两位,就是将班婕妤逼入冷宫的赵飞燕和她的妹妹赵合德。赵氏姊妹曾一起被汉成帝封为婕妤,"贵倾后宫"。龚自珍认为,这枚"倢伃妾赵"玉印,当属于姐姐赵飞燕所有,因为此印不仅印纽为鸟形,鸟虫篆的印文中也多作鸟足、鸟喙状,处处暗合美人"飞燕"的名字。

明·佚名作《千秋绝艳图》(局部)中的赵飞燕(右一),现藏中国国家博物馆。

赵飞燕是历史上著名的美人,更是著名的"红颜祸水"。唯其是祸水,比起正史《列女传》中的那些贤妻良母来,才更富有一种惑人的魅力。杂有大量床笫描写的小说《飞燕外传》在明清时的密地流传,更是将这个女人的名字抹上了重重暧昧的香艳。可惜,赵氏姊妹在成帝驾崩后先后权败自杀,身后诸事寒薄可想,再加上数千年时光荏苒,美人粉泽之物,已经极少传世。

所以,这枚曾属赵飞燕所有的玉印,就显得格外珍贵。龚自珍入手此印,欣喜若狂,不仅作文一篇,收入自己的文集中,更大张旗鼓,连作四诗吟咏纪念,并广征友朋和咏。诗曰:

寥落文人命,中年万恨并。天教弥缺陷,喜欲冠平生。掌上飞仙堕,怀中夜月明。自夸奇福至,端不换公卿。

入手消魂极,原流且莫宣。姓疑钩弋是,人在丽华先。暗寓拚飞势,休寻《德象篇》。定谁通小学?或者史游镌。(自注:孝武钩弋夫人亦姓赵氏,而此印末一字为鸟篆,鸟之啄三,鸟之趾二,故知隐寓其号矣。《德象篇》,班婕妤所作。史游作《急就章》,中有"继"字,碑正作"继"。史游与飞燕同时,故云尔。)

夏后苔华刻,周王重璧台。姒书无拓本,姬室有荒苔。小说冤谁雪?灵踪闷忽开。(自注:尝论《西京杂记》出六朝手,所称汉人语多六朝语,未可信。客曰:"得印所以报也。")更经千万寿,永不受尘埃。(自注:玉纯白,不受土性。)

引我飘飘思,他年能不能?狂胪诗万首,(自注:拟遍征寰中作者为诗。) 高供阁三层。拓以甘泉瓦,燃之内史灯。(自注:内史第五行灯,亦予所藏。) 东南谁望气? 照耀玉山棱。(自注:予得地十笏于玉山之侧,拟构宝燕阁它日居之。)

——《乙酉十二月十九日,得汉凤纽白玉印一枚,文曰"婕仔妾赵",既为之说载文集中矣,喜极赋诗,为寰中倡。时丙戌上春也》

龚自珍将得到此印视为"奇福",认为可弥补人生种种缺憾。龚自珍仕途坎坷,中年牢骚大盛。所谓"入手消魂极""引我飘飘思"之语,遐想翩翩,显然来自对印主赵飞燕的想象。

大作篇章之外,龚自珍更在昆山筑"宝燕阁",以藏金石书画,阁名即来自此印。说起来,此印的来历着实非凡。

在文献记载中,此印的收藏历程有一个相当灿烂的开场:它被北宋的王诜纳入藏品之列。

王诜何人也? 宋英宗女蜀国大长公主的驸马、著名画家、金石收藏家,另外还有个不惜冒着得罪皇帝的风险也要去搭救的至交好友叫苏轼。王诜认定,此印中的赵氏婕仔,非汉宫中他人,即是能掌上舞的赵飞燕是也。以王诜的身份和鉴赏水准,此论遂竟成定论。

从此,"婕仔妾赵"印便获得了赵飞燕印的别名,并在一连串重量级的收藏家手中流传。在古代印玺中,可能很难再找到像"婕仔妾赵"印这样,流传脉络如此清晰的例子了。于是我们可以追随着这枚汉玉印的流传检阅

以赵飞燕印之名传藏千年的汉玉印

到一系列重量级的文士之名：在元代归著名收藏家顾阿瑛；入明后入严嵩府中，严氏籍没后又流出于世，先后经项元汴天籁阁、华氏真赏斋、李日华六研斋等珍藏。到了清代，在龚自珍之前的收藏者中有名者，有钱塘何梦华、秀水文后山。龚自珍花了宋拓《化度寺帖》一块，外加白银五百两才从一位姚氏藏家处换回赵飞燕印。然而"未几，因博丧其资斧，又质之人矣。"（魏季子《羽琌山民逸事》）

"媫伃妾趙"印的下一位收藏者是著名书法家何绍基，何氏乃是龚自珍的好友，不知是否即龚自珍"质之于人"的对象。在何绍基之后，南海潘仕成、高要何伯瑜、潍县陈介祺又先后成为"媫伃妾趙"印的主人。陈介祺是道光时著名金石收藏家，尤好汉印，收藏有三代及秦汉印七千余枚，筑有"万印楼"。陈家汉印收藏代代相传，到1931年，陈家后人将万印楼中的一批精品，约四十余枚汉印托北京古董铺德宝斋代销。经人介绍，张学良有意购买"媫伃妾趙"印，来赠身边的如花美眷赵四小姐（一荻），以切先后二位赵氏美人的风流佳话。谁知尚未成交，"九一八"事变即爆发，东北陷落。如此风流雅事，显然于厉兵秣马的大时代精神不合。张学良虑及物议，打消了购印之念。后来此印入中华民国大总统徐世昌之弟、著名藏家徐世襄之手，到了新中国成立以后，徐家遗孀将包括"媫伃妾趙"印在内的一批珍贵文物出售给国家，此印归故宫博物院收藏，至此终于结束了这枚传奇之印千余年的辗转之旅。

应该说，"媫伃妾趙"印本身的形制是极美的。此印玉质洁白细腻，温润动人，诚如嘉庆时朱为弼《咏文后山所藏汉赵媫伃玉印序》所云"如入手凝脂，洵奇宝也"。然而，历代赏鉴家们对此印更多的赞美，却是在印章之外的虚幻之人，而非手中实质之印。晚清时海上名家郑文焯曾为"媫伃妾趙"的一枚印文作题记，并一题再题，一至于三，其中第二次题记云：

  印为估客何伯瑜以五百金售于潍县陈簠斋先生，此本即从其曾孙理臣见贻，兼获摩挲累日，玉如截肪，温润泽手，想见七宝屏间，九华扇底，玉颜玉质，同一色也。鹤道人记于沪渎。

  文中所说的"潍县陈簠斋先生"即上文中的万印楼主人陈介祺，而由玉印的材质一径想到古美人"七宝屏间，九华扇底，玉颜玉质"，再加上前面的"摩挲累日"，此中绮思艳想，不可方物。

  然而，历史的唇边浮出一丝冰冷的微笑。

  "媫伃妾赵"印入北京故宫博物院后，故宫博物院鉴定，此印印文非"媫伃妾赵"，而是"媫伃妾娋"！一字之讹，掌上舞的赵飞燕，成了湮灭在历史中的一位默默无闻的汉宫嫔妃。

  也就是说，从北宋的王驸马，到熟读《说文》的龚自珍，再到何绍基、郑文焯、陈介祺等等等等，他们……居然……全都……搞错了……

  从王诜算起，这一个大乌龙，恰恰好摆了近

"汉媫伃赵玉印"郑文焯题记，藏上海图书馆。

一千年。

然而不禁有一疑问：一千年来，所谓赵飞燕玉印，流转多人之手，题跋吟咏纷纷，那么多的才子名士，那么多精通书画金石的鸿儒巨公，他们……真的就看不出来吗？

实际上，对篆书稍有研究的人，就应该能够看出，四字印文中最关键的左下角那个字，"肖"的左侧，明显是鸟虫篆体的"女"字偏旁，而非"走"字。

否则，故宫博物院的专家，也不会如此肯定地给出鉴定结论了。

乌龙赵飞燕，说白了，就是一场旷世千年的炒作，一代又一代的收藏家们，或有意或无意，无视印文的真实，继续用自己的名望为此印背书，将这枚汉玉印的声望炒到炙手可热，并千年不坠。同时，这也是一场为期甚长的传销，收藏者们非常有默契地无视了真实的印文，而共同打造了一个飞燕美人的千载迷梦。陈介祺收藏"赵飞燕玉印"时，每钤一印文，价格为银洋十元，相当地生财有道。

那么，当印章的主人不再是那位著名的"掌上飞仙"，是否还能引发收藏者与玩赏者的"飘飘思"？也许当虚名构成的文字的浮华都已退尽，剩下的只有这枚印章本身，一如它白玉的材质，温润而纯粹。

倭扇·川扇·苏扇

正是春光明媚的三月，山东东平府清河县紫石街上，人流熙熙攘攘，煞是热闹，街道上浮动着一种暧昧的春天气息。向晚时节，卖炊饼武植家的娘子潘氏，正手里拿着叉竿放下帘子，一个不慎手滑，那叉竿不端不正恰打中帘外一个路人头上。那人怎生模样？自潘氏一双风流俊俏含情目中望出去，那人却是：

也有二十五六年纪，生得十分博浪。头上戴着缨子帽儿，金铃珑簪儿，金井玉栏杆圈儿；长腰身穿绿罗褶儿；脚下细结底陈桥鞋儿，清水布袜儿，手里摇着洒金川扇儿。越显出张生般庞儿，潘安的貌儿。可意的人儿，风风流流从帘子下丢与奴个眼色儿。

一段交织着欲望、血腥、金钱的情感纠葛，自此拉开帷幕。

这是诞生于明代万历年间的小说《金瓶梅》里，西门庆与潘金莲初会的篇章（第二回）。而同样的情节，在明代初年的《水浒传》里，却是十分简略，仅云"那人立住了脚，正待要发作"而已，而对"那人"从头至脚的工笔写生也似的一番精致风流妆扮，却是《金瓶梅》作者的匠心独运之处。但看西门庆的这身妆扮，从头至脚，无不是那时一名城市潮男的服饰必备。尤其是西门庆手中摇着的那把"洒金川扇儿"，在《金瓶梅》的时代，它的地位，不下于二十世纪八十年代的蛤蟆镜、三洋手提收录机，九十年代的 call 机，以及今日时尚人士手中的 iPhone。

西门庆手中的这把洒金川扇，于形制是为折扇。在中国扇子的大家族中，和羽扇、纨扇、蒲扇等本土人士比起来，折扇这位外来移民子女，出现最晚，但却本土化得彻底，而且后来居上，成为实际应用最广泛的扇子。和其他艺术样式：书法、绘画、雕刻等等的结合，也最是紧密。无论是生活实用，戏曲舞台，说书表演，还是书画鉴赏，折扇都是不可缺少之物。小小一把折扇，几乎成为中国文化精神的一个典雅符号了。

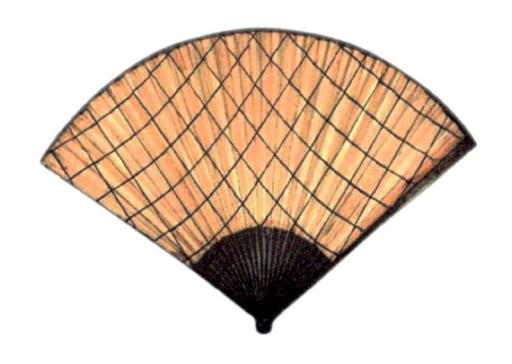

这把折扇纵37.5厘米，横63.5厘米，1984年太仓东郊明代黄元会夫妇墓出土。扇骨计22根，为明代折扇所独有，扇面为纸制洒金并勾以墨线斜交叉格。

折扇的原产地，一般认为是韩国和日本，然细细考证起来，朝鲜半岛的折扇，却是自日本四岛渡海而去的。日本折扇古称蝙蝠扇，传说是见蝙蝠双翼而触发的创造灵感。日本类书《古事类苑·服饰部》中云："神功皇后三韩征伐时，见蝙蝠羽始作扇。今军中所用扇，大抵一尺二寸，片面纸金色，以朱画日轮。其竹骨八枚或十六枚，有纽，长可六寸，随家传有小异。"

将发明权归于伟大领袖，本是一切民族的惯例。战争时期，日本武将在战场上以折扇为军扇，一面绘日，一面绘月，指挥如意，挥斥方遒。比起中国诸葛亮手挥羽扇的谈笑风流，更多阴阳兵法的神秘主义色彩。大概是纸质易毁，和武夫的腕力不衬，后来的军扇多用皮、木、铁皮等材质做成，形状也改成《西游记》中铁扇公主的芭蕉扇模样，称为"军配"。上面绘有各种富有法力的符号如梵文咒语、二十八星宿、十二天干地支等。名将武田信玄的七星军扇，至今仍然供奉在武田神社。

军扇虽已变形，日本折扇却在另外的领域流行开来。日本平安时代安享太平岁月四百年，贵族妇女的服饰踵事增华，于服饰的细节讲究到了极致，尤其讲究袖口的色彩装饰。高级礼服甚至有"十二单"之谓，即身穿十二层广袖衣，衣各一色，在袖口层层叠叠，露出无比繁复又和谐优雅的色彩，且需随季节的更替而替换。在这样的怀袖间，一把鸦青色底、上绘金银粉图画的日本折扇，垂在仕女的袖口，扇面半掩，既供贵族女性隐藏容貌，勾引起男性于不可见中更多的幻想与爱慕，也是这支色彩之曲中的一枚强音符。

这样的日本折扇，在中国北宋时期，通过入觐的朝鲜使臣，辗转来到中国士人手中。北宋人郭若虚在《图画见闻志》中记载高丽国使者私下拜会宋朝官员时所赠的礼品，其中便有日本折扇：

> 其扇用鸦青纸为之，上画本国豪贵，杂以妇人鞍马，或临水为金沙滩，暨莲荷、花木、水禽之类，点缀精巧。又以银泥为云气、月色之状，极可爱。谓之倭扇，本出自倭国也。

无论是题材还是鸦青底上绘金银色的配色，都是典型的"大和绘"风格，鸦青纸色的灵感正来源于蝙蝠的黑色双翼。深色纸上绘以亮丽的金银图案，这种沉重的华丽感，和日本漆器的"莳绘"正出自同一民族审美心理。

在北宋时期，日本为高丽的属国。日本折扇和其他土产一样，成为日人向朝鲜人进献的贡物。而这些日本折扇，以及朝鲜人所造的仿制品，又通过朝鲜使臣之手，辗转来到与日本远隔海天云气的中国。在北宋时，一枚正品日本折扇，在中国不仅罕见，而且价格不菲。宋太宗时，日本僧人嘉因于端拱元年（988）来华进贡，礼单中有"金银莳绘扇筥一合"，然而其中盛放的蝙蝠扇，仅有两枚而已（《宋史·日本传》）。前引郭若虚《图画见闻志》中便说朝鲜人对倭扇已"近岁尤秘惜，典客者盖稀得之"，宋代人江少虞曾记载他在汴京繁华的大相国寺市场上见过日本折扇："熙宁末，余游相国寺，见卖日本国扇者。琴漆柄，以鸦青纸厚如饼，折为旋风扇，淡粉画平远山水，薄傅以五彩。近岸为寒芦衰蓼，鸥鹭伫立，景物如八九月间。舣小舟渔人披蓑钓其上，天末隐隐有微云飞鸟之状。意思深远，笔势精妙，中国之善画者，或不能也。索价绝高。余时苦贫，无以置之，每以为恨。其后再访都市，不复有矣。"（《皇朝类苑》卷六十二《日本扇》条）怅惘之情，溢于言表。

喜多川歌麿浮世绘作品《雏妓》中有手持团扇的女性

北宋士大夫中，黄庭坚有不少写友人赠扇、画扇的诗作，但那些扇子都是产自高丽，为友人们出使三韩带回的特产。苏辙则写过一首咏日本扇的诗：

扇从日本来，风非日本风。风非扇中出，问风本何

鸟居清长所作浮世绘中手持折扇的女性

从?风亦不自知,当复问太空。空若是风穴,既自与物同。同物岂空性,是物非风宗。但执日本扇,风来自无穷。

——《杨主簿日本扇》

平心而论,诗写得偏理质而少情感,不过,这种自域外细微之物而引发出的一番哲学思考,却是宋诗在唐诗之后生发出的崭新的一片重理趣的文学空间。

约晚于苏辙一个世纪,金章宗完颜璟写了一首《蝶恋花·聚骨扇》,倒是宋金元咏物词中的上驷之作:

几股湘江龙骨瘦,巧样翻腾,叠作湘波皱。金缕小钿花草斗。翠条更结同心扣。　　金殿珠帘闲永昼。一握清风,暂喜怀中透。忽听传宣须急奏。轻轻褪入香罗袖。

聚骨扇,即折扇。因折扇折叠起来,扇骨重叠而得名。本词起笔两句先细细状物:金色的扇骨亦镂亦镶嵌,做出各式花草图样(杂色图样谓之"斗"),扇下更垂有结成同心结样的翠色丝绦。接着写折扇的功能:重在随意挥洒,不赖他人的一个"闲"字。末尾借叙事写折扇的优点:不用时可折好放入袖中,轻巧方便。而所

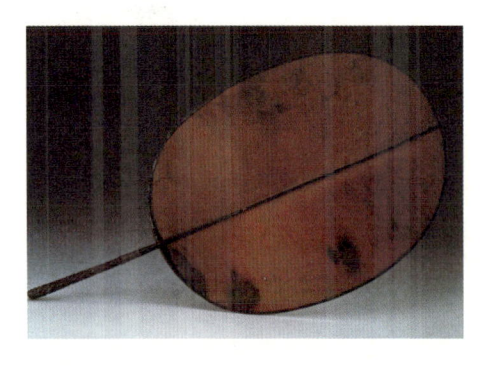

南宋宝庆二年(1226)剔犀漆柄团扇(福建省博物馆藏)

叙之事，也恰合帝王的身份。

但是到了接下来的元代，来自蒙古大漠的统治者对折扇却并不感兴趣。明代人回忆说："元初，东南夷使者持聚头扇，当时讥笑之。"（张弼《张东海集》）在元代，折扇被认为是只有身份卑微的仆役才使用的东西："取其便于袖藏，以避尊贵之目。"（清·高士奇《天禄识余》）山西永乐宫的元代壁画，保留了很多当时社会真实场景，在壁画上的人群中，手持折叠扇的，确实仅为作小市民装束的人。

到了明代，日本政府自建文年间开始，便积极与明朝政府修好称贡，日本特产的折叠扇，自然在贡品之列。在明代的中日民间贸易中，扇子也是日本出口的大宗商品，以至主张海禁的官员竟有"日本惟一刀一扇耳"之语。

而外来折扇的本土化，则是稍晚至明代永乐年间的事情，清人刘廷玑《在园杂志》记："明永乐中，朝鲜国入贡折叠扇，成祖喜其卷舒之便，命工如式为之，自内传出，遂遍天下。"明代陆容在《菽园杂记》中对折扇如何"遂遍天下"的过程则记载稍详："闻撒扇自宋时已有之，或云始永乐中，因朝鲜国进松扇，上喜其卷舒之便，命工如式为之。南方女人皆用团扇，惟妓女用撒扇。近年良家女妇，亦有用撒扇者。"时尚的流传，本是由上及下，由青楼及良家的。陆容是成化间人，在之后《金瓶梅》的世界里，像郑爱月这样的善于自高身价的妓女，正是擅长"用洒金扇儿掩着粉脸"（《金瓶梅》第五十九回），展现出一番别样的娇媚风情。

中国产折扇的中心，最早为四川的成都。自永乐年间开始，在成都仿制倭扇，以供宫廷使用。成都本为天府之国，锦江水碧，蜀山竹青，这里盛产竹、木、牙、骨，又历来是各种彩色笺纸的制造中心，而这些正是中式折扇的原料。明人陈三岛《川扇》诗："险绝蚕丛地，由来宫扇传。大都白帝竹，尽用锦官笺。"说的就是川扇与产地的关系。明沈德符

《万历野获编》中有《四川贡扇》条云:

> 聚骨扇,自吴制之外,惟川扇称佳。其精雅则宜士人,其华灿则宜艳女。至于正龙、侧龙、百龙、百鹿、百鸟之属,尤宫掖所尚,溢出人间,尤贵重可宝。今四川布政司所贡,初额一万一千五百四十柄,至嘉靖三十年,加造备用二千一百,盖赏赐所需。四十三年,又加造小式细巧八百,则以供新幸诸贵嫔用者,至今循以为例。按蜀贡初无扇柄,先朝有镇守内臣,偶一进献,遂设为定额,责之藩司。亦犹蔡端明之小龙团,为宋厉阶,况此举出寺人辈,无足怪者。又蜀王所贡,闻又精工,其数亦以千计。上优诏答,赐银三百两,大红彩衣三袭,岁以为常。凡午节例赐臣下扇,各部大臣及讲筵词臣,例拜蜀扇。若他官所得,仅竹扇之下者耳。

可见当时川扇之所尚。

从永乐到晚明的二百余年中,川扇是中国折扇的主流。《五杂俎》云:"蜀扇每岁进御,馈遗不下百余万,上及中宫所用,每柄率值黄金一两,下者数铢而已。"如沈德符云,四川贡扇常作为一种特殊的恩遇,被帝王赏赐给群臣。嘉靖朝权倾朝野的大奸臣严嵩便有一首《西苑赐川扇诗》:"太液池边暑气生,海榴英簌绛霞明。蜀王新贡金花扇,御苑传呼赐礼卿。"正和《万历野获编》中的记载相应。到了万历中,四川贡扇不至,布政使等甚至俱被降调。崇祯即位后,锐意振兴朝局,曾下旨免四川贡扇三年。小小一把川扇,也映射着北京紫禁城内王道纲常的兴废。

所以,回到《金瓶梅》的原文,我们大抵可以更深切地理解,清河县浮浪子弟西门庆手中把玩的那把"红骨细洒金、金钉铰川扇儿"的符号意味:这把扇子,是他的结义兄弟卜志道的馈赠,是一件价格不菲的礼物。它代表着"十兄弟"对财主西门庆的奉承阿谀，也代表着时尚、风流，以及晚明时期富裕的市民阶层对生活那种从容低回的赏玩态度。而扇子的实用功能，反而被暂搁一边，本来，潘氏娘子帘竿儿打中西门官人的三月天气，并不是热得要扇风取凉的季节。

随着晚明时节社会风气的变化，川扇的地位，开始逐渐让贤给产于苏州地区的吴扇。川扇仅以材质见长，扇面多为洒金、片金、混金。

明万历刊本《重刻元本题评音释西厢记》插图，红娘手中尚是团扇，张生手中的题诗折扇正是当时流行的式样。

一片辉煌，彰显富贵气象，扇面之上的正龙、侧龙、百龙、百鹿、百鸟图案，华贵则华贵矣，却不免带了几分俗气。而吴门纸扇，则走清雅路线，《万历野获编》中说：

> 今吴中折扇，凡紫檀、象牙、乌木者，俱目为俗制。惟以棕竹、毛竹为之者，称怀袖雅物。其面重金者亦不足贵，惟骨为时所尚。往时名手，有马勋、马福、刘永晖之属，其值数铢。近年则有沈少楼、柳玉台，价遂至一金，而蒋苏台同时，尤称绝技，一柄至直三四金，冶儿争购，如大骨董，然亦扇妖也。

明·沈周扇面画作

和川扇相比，苏扇是从故意的朴素中追寻一种雅致之美。同时，苏州折扇还以扇上的名家书画见重于士人。苏州本为人文渊薮之地，吴门画派名重当时，"吴门四家"的沈周、文徵明、唐寅、仇英诸辈，无不创作出大量扇面书画精品并流传至今。随着崇尚雅致这种更高级的文化消费心态在晚明时期的形成，折扇扇面上的书画，较之折扇本身，逐渐成为更受文士喜爱的审美对象。

在明清两代，苏州实为中国的时尚中心，凡"苏样""苏式"者，潮也，款也，走在时尚前沿也。重视书画折扇的风气，也从苏州地区迅速流行扩散向北方地区。崇祯年间的《初刻拍案惊奇》里就有一位苏州小贩贩卖苏州折扇至北京求售的情节（第一回）：

一日，见人说北京扇子好卖，他便合了一个伙计，置办扇子起来。上等金面精巧的，先将礼物求了名人诗画，免不得是沈石田、文衡山、祝枝山，拓了几笔，便值上两数银子。中等的，自有一样乔人，一只手学写了这几家字画，也就哄得人过，将假当真的买了，他自家也兀自做得来的。下等的，无金无字画，将就卖几十钱，也有对合利钱，是看得见的。拣个日子，装了箱儿，到了北京。岂知北京那年自交夏来，日日淋雨不晴，并无一毫暑气，发市甚迟。交秋早凉，虽不见及时，幸喜天色却晴，有妆晃子弟，要买把苏做的扇子，袖中笼着摇摆。来买时，开箱一看，只叫得苦。元来北京历渗却在七八月，更加日前雨湿之气，斗着扇上胶墨之性，弄做了个"合而言之"，揭不开了。用力揭开，东粘一层，西缺一片，但是有字有画值价钱者，一毫无用。止剩下等没字白扇，是不坏的，能值几何？将就卖了做盘费回家，本钱一空。

可见，当时苏州折扇在北京的销路是很好的，因为即使天气不热，时已秋分，京城的"妆晃子弟"们还是要买一把苏州折扇，来"袖中笼着摇摆"，提高提高自己的身份。到了清初王士禛的《香祖笔记》里，已说"二十年来，京师士大夫不复用金扇"，川式金扇的主流地位，至此基本完败于苏式书画扇。

扇面上的名家书画提升了折扇的文化内涵，而有书画的折扇扇面，又渐渐独立成为一种专门的收藏。此风的形成，正在明末清初之际。明人文震亨《长物志》："姑苏最重书画扇……素白金面，购求名笔图写，佳者价绝高。……纸敝墨渝，不堪怀袖，别装卷册以供玩，相沿既久，习以成风，至称为姑苏人事。"可见当时已有单独收藏把玩名家扇面的风气。然而文氏接下来却又加一句："然实俗制，不如川扇适用耳。"则这种风气尚未得到品味良好的世家子文震亨的认可。晚明四公子之一的陈贞慧也是喜好收藏扇面之士，当时名士陈继儒称其"荆溪陈定生博学娴文，有扇癖。如沈、唐、文、祝、鲍庵、荆川而下，种种书画名家，皆出自匠心，形余便面。定生收藏赏鉴，可称好事。"细玩语意，陈贞慧的收藏扇面，在当时仍然是别出心裁的一种爱好。

到了清代，折扇书画蔚然成风，折扇扇面以其特殊的造型，在书画艺术形式中别开一洞天。举凡书画俊彦，无不有扇面作品。旧时年轻士人出门游学，往往事先于师友名人中求书几把折扇，日后到了社交场中，别人见了这样的扇子，自会礼遇三分。于是折扇也越来越脱离其实用价值，而变成一种装饰品和社交用具了。本来，若是有这样一把折扇：水磨楠竹沙地留青扇骨，五七层绵料的扇面，一面工笔细楷书《兰亭集序》，一面画水石荷禽，再配上一枚玲珑伽楠香扇坠，这样的扇子，您当真舍得用来大热天挥汗吗？

清内府设色库绢本《燕寝怡情》（之十二，波士顿美术馆藏），书画折扇已是家庭生活重要的趣尚之一。

心字香

一片春愁待酒浇,江上舟摇,楼上帘招。秋娘渡与泰娘桥。风又飘飘,雨又萧萧。 何日归家洗客袍?银字笙调,心字香烧。流光容易把人抛,红了樱桃,绿了芭蕉。

这是南宋词人蒋捷的名作《一剪梅·舟过吴江》,一首如水彩般鲜明亮丽又带着淋漓水意的词作。词人乘船行走在五月江南的风景里,在咿呀的摇橹声中,连所经过的地名都有一种吴侬软语中女儿声口的娇媚。在这样的背景中,传统文学本来悲凄的主题——羁旅之感,也变得轻盈恬淡了。

蒋捷这首《一剪梅》,善用复句,造成一种活泼流荡的语感。在对句的相同位置,巧妙地嵌入相同的字眼,又能妥帖自然,无雕镂痕,可见词人的功力。其中,"银字笙调,心字香烧"二句,双用实词"字",最为难得。

"银字"一句,词义明确。清人沈雄《古今词话·词品》本句注:"制笙以银作字,饰其音节。"在笙体上嵌贵金

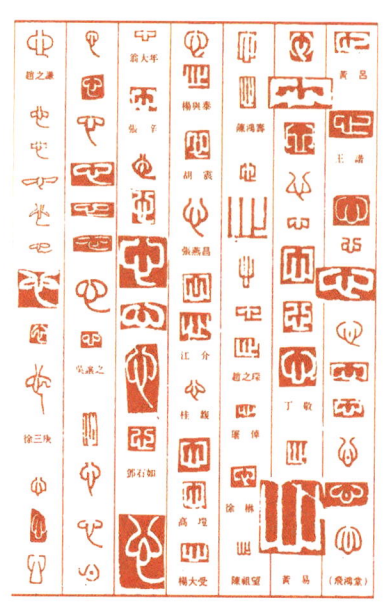

篆刻字典中所集各种心字印文

属丝作字,用来标注音调高低。云"银字",无非是形容笙的精美,五代花间词中也有"银字笙寒调正长"(和凝《山花子》)的句子。

但"心字香烧"一句,其词境却更为幽婉动人,所写的,不仅仅是客观的舟中闲情。

何谓"心字"?这里指的是篆书的"心"字图案。无论大篆还是小篆,"心"这个字的形状,都是笔画回环摇曳,整个字形,既像一蕚含苞待放的花朵,又像一朵传统图案中的祥云。

在蒋捷生活的宋代,篆书的"心"字,是一种在生活中经常被使用的装饰性图案,常见于纺织品、首饰等日常用品之上。实物在今日虽然难以重见,但在宋词的字句中,我们还可以窥见当时的这种风气:

蕙帐残灯耿耿,纱窗外、疏雨萧萧。双心字,重衾小枕,玉困不胜娇。

——蔡伸《满庭芳》

被面上重叠的"双心字",显然是这位在洞房蕙帐中孤眠独枕的女主人公心境的一个鲜明的暗示。

记得小苹初见,两重心字罗衣。琵琶弦上说相思。

——晏几道《临江仙》

"两重心字罗衣",不知是指罗衣上两重心字所构成的图案,还是叠穿的两层有心字图案的罗衣?因为宋代的丝罗织物,其轻其薄,远超于我们今日的想象,已为出土文物所证明。不过,无论是哪一种心字罗衣,想必都是十分美丽的。因为在很多很多年之后,当晏几道回忆起他那些

"如幻如电、如昨梦前尘"(《小山词自序》)的往事时,他记得的,是和那个少女初逢的一刻,记得的,是她薄薄罗裳上,重重叠叠的心字。而欧阳修的《好女儿》词,写一位"眼细眉长"的女儿的"宫样梳妆",则已明

宋·王诜《绣栊晓镜图》,图中人物的衣裙上虽然看不见心字,但其织物的轻盈得以体现。

言"一身绣出,两同心字,浅浅金黄"。可见双心字图案,是宋代女性,尤其是少女最热爱的装饰之一。

除了纺织品外,心字图案亦用于其他物品的造型装饰。北宋周邦彦《蝶恋花》(酒熟微红生眼尾)词,写女性装束,有"云压宝钗撩不起,黄金心字双垂耳"之句,这做成心字图案的黄金耳饰,不由得让人想起《金瓶梅》里李瓶儿的那些出自皇宫大内的"番石青填地、金玲珑寿字簪儿"。而比起明清时期这种好用"福""寿""卍"等吉祥字眼为装饰纹样的风气,宋代人所用的心字图案,却是透着一番文艺优雅小清新的心肠。

且回到"心字香"上来。古人对这一名物的注释,是不能如人意的。清代褚人获《坚瓠集》:"蒋捷《一剪梅》词云:'银字笙调,心字香烧。'按心字香,外国以花酿香,作心字焚之。"

这种说法含混多误。所谓"外国以花酿香",当指来自异域的蔷薇水、玫瑰露这些从鲜花中蒸馏而得的香料。但是这些香料都是液体,是闺中调脂润面的化妆用品，也可供夏日冲调饮料食用，拿来焚烧却无从谈起，更无法将液体的香水做成心字。然而今人的《蒋捷词校注》中，依然照引此条资料。

所幸该条注释尚能另引杨慎的《词品》中一条资料："所谓'心字香'者，以香末萦篆成心字也。"检杨慎《词品》原文，此句系为引范成大《骖鸾录》之后的补注："番禺人作心字香，用素馨茉莉半开者着净器中，以沉香薄劈层层相间，密封之，日一易，不待花萎，花过香成。"这是用新鲜香花另外熏窨而成的沉香木片，却与名中的"心字"无涉。所以杨慎要加上一条补注，然而粉碎状的"香末"如何"萦篆"成心字？其中空白还待读者的想象。

倒是明人高濂曾详细介绍他所发明的一种印香字法，现代读者读之大致可以明了：他所配置的"梦觉庵妙高香"，按二十四节气，共有二十四味香料组成。这些香料，当然都是先细锉成末状，调配匀当。高濂另外制有金属铸成的圆形香印，上有篆书"福""寿"纹样。焚香前，"先将炉灰筑实，平正光整。将印置于灰上，以香末锹入，印面随以香锹筑实，空处多余香末细细锹起，无少零落，用手提起香印，香字已落炉中，若少欠缺，以香末补之，焚烧可以永日"（《遵生八笺》）。虽因为时代习气，用"福""寿"字眼而不见心字图案，这种加工法却亦可作宋代心字香的参看。

其实，这种焚烧缓慢的香篆，原是佛教徒诵经时用来计算时刻之用。此风从禅寺流入民间，在士大夫普遍雅好焚香的宋代，篆香也便成了比铜壶滴漏等传统的计时用具更典雅精致的计时器。宋代人洪刍的《香谱》中记当时风尚，有"近世尚奇者，作香篆，其文准十二辰，分一百刻，凡然一昼夜乃已"的记载。同书《香篆》条亦云："镂木以为之，以范香尘，为篆文，然于饮席或佛像前，往往有至二三尺径者。"

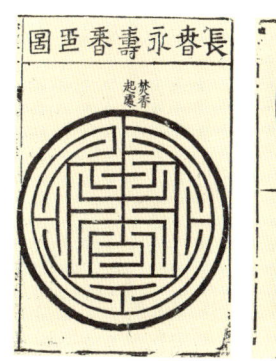

如此说来,蒋捷在吴江的客舟中,细细校了银笙的音准,又将香面仔细印出心字,悠悠自烧,如此的细节描写,便有了一种映衬客中无聊的清寂情味。好一似陆游的"矮纸斜行闲作草,晴窗细乳戏分茶"(《临安春雨初霁》),也正是因为这客中的寂寞,才惊于"红了樱桃、绿了芭蕉"的飞逝时光吧。

明·高濂《遵生八笺》(明万历时期雅尚斋刊本)中所录香印图

香篆的纹样千回百转,却总是缓缓而又不可挽回地静静化为灰烬。凝视着此种情景的焚香人,心头自会有一重哲学上的感悟在香烟霭霭中升华,比如南宋华岳的《香篆》诗:"轻覆雕盘一击开,星星微火自徘徊。还同物理人间事,历尽崎岖心始灰。"而心字纹样的香篆被焚成灰,其中文字双关之处,自然更易惹出一份玲珑的愁思。

纳兰性德有一首《梦江南》小令:"昏鸦尽,小立恨因谁。急雪乍翻香阁絮,轻风吹到胆瓶梅,心字已成灰。"

在今本《饮水词》中,本词已不知具体创作年代。然我总觉得,这应该是纳兰少年时期的作品:那种无端的怅惘,因心字香成灰而袭上心头的寂寥,无不属于少年人那颗敏感细腻,隽过言鸟、触似羚羊的心灵。比起上面华岳那首七绝来,心字成灰所引发的这种微酸若痛的微妙情感,与词却最是相宜。

宋词中另有一种"心字"香,则专指龙涎香而言。古人缺乏生物学知识而多想象,生生将抹香鲸不雅的肠道分泌物想象成了神秘的海龙吐涎。龙涎香原产阿拉伯海域,在宋代通过海运及进贡等方式被辗转贩运到中国,以供士大夫的香事。宋人陈敬《新纂香谱》中《龙涎香》条云:

> 叶廷珪云:龙涎出大食国,其龙多蟠伏于洋中之大石,卧而吐涎,涎浮水面,人见林鸟翔集,众鱼游泳,争嚼之,则没取焉。然龙涎本无香,其气近于臊,白者如百药煎而腻理,黑者亚之,如五灵脂而光泽,能发众香,故多用之以和众香。

也就是说,龙涎香本身无香味,但用来调制合香,可以催发其他香料的香气。自然界中的天然龙涎香,产量极少。明世宗嘉靖年间,这位醉心修道的皇帝,营建斋醮,命内府采买各种香料,"沉香、降香、海漆诸香至十余万斤",然而"又分道购龙涎香"的结果,却是"十余年未获",后来"使者因请海舶入澳,久乃得之。"(《明史·食货志》)为了能够购买到龙涎香,甚至在那个闭关锁国的时代,特准葡萄牙人入居澳门,首开西方殖民主义者在中国有殖民地之先河。这段由香料引发的历史,今日读来,令国人百味杂陈。

既然龙涎香如此珍贵又罕见,造伪就成了有利可图的一项生意。在宋代的香料市场上,人们已需仔细鉴别龙涎香的赝品。幸而,龙涎香有一项赝品无法仿制的特质:掺有龙涎香的香料,在焚烧的时候,产生蓝色的香烟,并能凝而不散。所谓"和香而用真龙涎,焚之一铢,翠烟浮空,结而不散。座客可用一剪分烟缕,此其所以然者,蜃气楼台之余烈也。"(南宋·周去非《岭外代答》卷七)

宋人对于香事的讲究,已是无限精致,尽可能去追求焚香过程中每一处细节的美感。普通香料的烟气动辄弥漫室内,"帘底吹香雾"(周邦彦《荔枝香》词),比较之下,龙涎香在空际结而不散的这缕蓝色烟雾,无疑会给焚香者带来更细腻的视觉享受。而这缕翠烟,又常被文艺地视为篆书的"心"字图案。因此,龙涎香在诗词中出现时,作者便常强调其心字烟雾彰显的尊贵。如张元幹有首《青玉案》词写

传说中的龙涎香,颜值实在太低。

闺中焚香,便有"心字龙涎饶济楚"之句。杨万里得到朋友馈赠的佳墨,以龙涎香答谢,也要格外强调自己的龙涎香是"心字"正品:"送以龙涎心字香,为君兴云绕明窗。"(《谢胡子远郎中惠蒲太韶墨,报以龙涎心字香》)

"心字"既有双关意,在别有怀抱的词人笔下,龙涎香的心字烟雾,勾起的便是另一种更为复杂的情感。元代初年,一群南宋遗民词人分题咏物,后集为《乐府补题》一卷,所咏为龙涎香、白莲、莼、蝉、蟹五物。在八首咏龙涎香的《天香》词中,龙涎香香烟作心字的这一特征,就被遗民作者们格外用意地反复提起:

麝月双心,凤云百和,宝玦佩环争巧。

——周密

海蜃楼高,仙娥钿小,缥缈结成心字。麝煤候暖,载一朵、轻云不起。

——唐艺孙

汛远槎风，梦深薇露，化作断魂心字。红瓷候火，还乍识、冰环玉指。一缕紫帘翠影，依稀海天云气。

——王沂孙

螺屏酒醒梦好。绣罗帏、依旧痕少。几度试拈心字，暗惊芳抱。

——李居仁

一般认为，《乐府补题》诸作，创作于崖山既败，南宋朝廷覆灭的时代背景之中，均系托物寓意，自伤家国怀抱之作。其中，咏龙涎香诸词，由于"龙"在古代为帝王的不二象征，龙涎香又远泛海外，便寓意着崖山之败后，帝室苗裔赵昺由宰相陆秀夫所抱持，赴水而死，葬身海波的惨痛历史。赵宋王朝，至此始告覆灭。因此，在《乐府补题》词人的笔端，龙涎香的心字香烟，"暗惊芳抱"，引发的是词人们对在那"依稀海天云气"间发生的天地剧变的那种欲言又止欲止无端的伤痛。在掺和着蔷薇花露芳香的香烟里，那个自海上传来的不祥讯息，像一道巨大的黑影悄然降临，无可逃避。于是承平岁月里的翩翩士子，蓦然化作无家无国的亡国遗民。面对龙涎香翠烟结成的心字，焚香者的"心字"，怎不"化作断魂"？这样的心字，却是一部两宋词史最哀伤的注脚。

眼镜与眼镜诗

明代浙江才子屠隆,写了一本《考槃余事》,专讲书斋中各种文房清玩之事,可谓是一本明代版的《格调》(美国作家保罗·福塞尔关于社会等级、生活品位的著作,二十世纪末出版中文版,畅销一时)。书中第三卷论各种文具,在水注、墨匣、镇纸等常见文具之后,有一条十分古怪的名目:叆叇。

其文云:

(叆叇)如大钱。色如云母。老人目力昏倦,不辨细书,以此掩目,精神不散,笔画倍明。出西域满利国。

从这段记载来看,所谓"叆叇",不就是老年人常用的老花镜吗?为什么要取这样一个古怪的名字呢?

原来,在屠隆的时代,眼镜还是一件相当稀罕的进口"爱巴物儿"。宋《集韵》:"叆叇,云盛貌。"指天空中云彩很多,遮住太阳的样子。眼镜可以遮目,正如彩云遮日。明人好古且好奇,于是给外来物的眼镜起了个特别古典的中式名字。

玻璃制的眼镜,在西方至迟于十三世纪便已出现。恩格斯甚至将眼镜与火药、印刷术并列,认为是极大促进社会飞跃的发明。但眼镜传入中国,却是直到明代中叶,即十五世纪中期才有的事情。清乾隆时史学家赵翼在《陔余丛考》里有一篇眼镜考证,引用了不少明人资料中关于眼镜的记载,如:

张靖之《方州杂录》云：向在京师，于指挥胡㦿寓，见其父宗伯公所得宣庙赐物，如钱大者二，形色绝似云母石，而质甚薄。以金相轮廓而纽之，合则为一，歧则为二，如市中等子（即戥子）匣。老人目昏不辨细书，张此物加于双目，字明大加倍。近又于孙景章参政处见一具，试之复然。景章云："以良马易于西域贾胡，其名曰'僾逮'。"又郎瑛云："少尝闻贵人有眼镜，老年人可用以观书，予疑即《文选》中玉玼之类。及霍子麒送一枚来，质如白琉璃，大如钱，红骨镶二片，可开合而折叠之。问所从来，则曰：'甘肃番人贡至而得者。'丰南禺曰'乃活车渠之珠，须养之怀中，勿令干，然后可。予得之二十年无用'云。"瑛，嘉靖时人，是知嘉靖时尚罕见也。《吴瓠庵集》中有《谢屠公馈眼镜》诗。吕蓝衍亦记明提学潮阳林某始得一具，每目力倦，以之掩目，能辨细书，其来自番舶满加剌国，贾胡名曰僾䁖云。

显然，对这些笔记的明代作者来说，眼镜是件十分陌生的玩意儿，于是他们在描绘眼镜的形状时，尽量用中国本有的云母、琉璃与戥子匣来比拟。当时中国尚无能够制造透明无瑕镜片玻璃的技术，于是明代士人用中国人的思维方式对眼镜片"格物致知"起来，就有了很多美丽的想象，上文中丰南禺认为镜片是海蚌中的珍珠，还有人认为制眼镜的玻璃片乃千年寒冰所化。明末清初的钱谦益在《眼镜篇送张七异度北上公交车》一诗中就写道：

西洋眼镜规璧圆，玻璃为质象饼缘。千年老冰出玉渊，巧匠消冶施刻镂。薄如方空吹轻烟，莹如月魄濯清泉。惟灯帘阁对简编，能使老眼回少年。蝇头蚕尾如儿拳,牦虱岂必非轮悬。贾胡赠比黄金千,伴我纶阁今归田。……冕旒蔽明垂邃延,知白守黑通重玄。眼有瘴膜得镜蠲,如灯能照日月偏。

在"薄如方空吹轻烟,莹如月魄濯清泉"这样形象而富有诗意的描写中,流露出国人对薄且晶莹的西洋镜片的惊叹。

上文赵翼所引郎瑛之语,出于郎氏嘉靖年间成书的《七修类稿续稿》中,但与原文略有出入:

> 少尝闻贵人有眼镜,老年观书,小字看大,出西海中,虏人得而制之,以遗中国,为世宝也。……后与霍都司子麒言。霍送予一枚,质如白琉璃,大可如钱,红骨镶成二片,若圆灯剪然,可开合而折叠。问所从来,则曰:旧任甘肃,夷人贡至而得者。

文中所说的"西海",在明代人的语境中,指的不是今日的大西洋海域,而是郑和下西洋的"西洋",即东南亚海域。可见,在明代,欧洲眼镜传入中国的路线主要有两条:一条是来自"西域贾胡",即由沟通欧亚贸易的阿拉伯商人,通过新疆、甘肃至中原的丝绸之路传入。一条是从南方的马六甲海峡,即屠隆说的"满利国",吕蓝衍说的"满加剌国",自海运商贩传入。

张靖之和郎瑛说到的眼镜,都是老式的欧洲夹鼻眼镜,没有镜腿,只有两片带框镜片,可以折叠。戴的时候,靠镜片夹轴之间的弹力夹在鼻子上。中国国家博物馆所藏明人绘画《南都繁会景物图卷》,画的是明代永乐时期南京的城市盛况。所绘人物里,有一位戴眼镜的老者在人群中观看杂耍把戏的闹市场面,老者所戴的,就是这种夹在鼻梁上的夹鼻

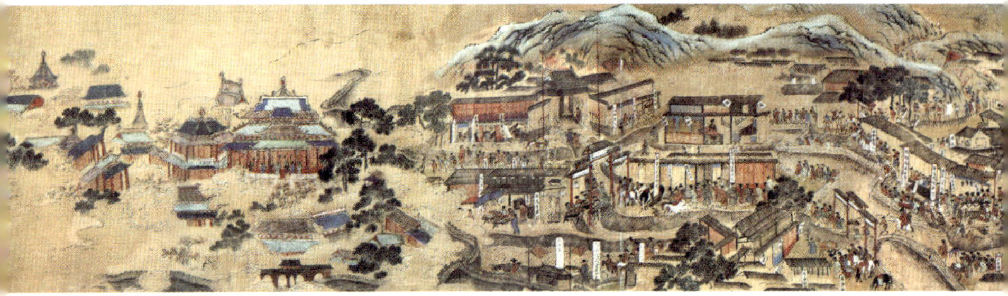

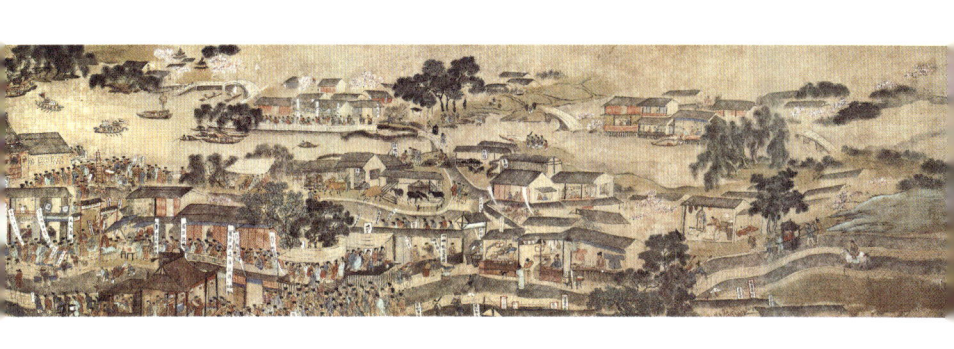

《南都繁会景物图卷》

《南都繁会景物图卷》局部，看杂耍的人群中有一位戴眼镜的老者。

镜。这种眼镜适合西方人深目耸鼻的面貌，对面容平坦的中国人来说显然不便。于是国人对进口眼镜的形制进行了简单的改造，到了明万历时，田艺蘅在《留青日札》里介绍的眼镜，已经是"中用绫绢联之，缚于脑后"，更适合国人日常使用了。这种脑后绑带式的夹鼻眼镜，一直到民国时期，还有一些老人在使用。

早期传入中国的欧洲眼镜，多为老花镜。这或许是因为古人读的是木版书，字体远大于今日的印刷五号字，古代又没有电视电脑，因而近视比例远不如今朝的缘故吧。而老花作为一种自然现象，却是古今所不能共免的。曹雪芹的祖父曹寅，在四十七岁时写过一首《夜饮和培山眼镜歌》，培山是曹寅的表兄顾昌的号，诗中先写老年人得了老花后目力下降，生活不便："残年眵泪如撒沙，漫空赤晕生狂花"，又流泪又有眼眵，看东西都模糊不清了。而有了"铜盘磨云光致致"的眼镜后，竟然能够"晶莹刻得棘端刺"。目力大进，可以继续读书写字，"指穿腕脱敢云劳，墨华直洒心苗血"。这副眼镜是曹寅送给表兄的，"双环奉君君志矢，吾衰抽笔犹堪此"，他勉励老友晚年继续潜心文史，精研学问，"羲和纵辔肯相待，会鼓猛气惊盲聋！"某种程度上，眼镜的传入，改变了中国士人后半生的生活。

在明代，由于眼镜只能依赖进口，价格是非常昂贵的。钱谦益诗中说一副眼镜"黄金千"，虽是诗人艺术的夸张，但一般士人难以轻易得到一副老花镜却是事实。胡㵾父亲的眼镜来自皇帝的赏赐，孙景章的眼镜是拿一匹好马和商人换得，郎瑛也说眼镜是"贵人"方有。前文中曹寅的眼镜诗是和顾昌答谢赠眼镜的诗，可见一直到康熙时代，赠给朋友一副眼镜，还是一件特别要作长诗答谢的厚谊。当然，曹寅身居膏腴之职的江宁织造，又常和西洋器物打交道（这在后来的《红楼梦》中还可看出曹家遗风），送这么一副眼镜给既是亲戚又是老友的顾昌，对他来说毫无压力。

到清初，广东匠人也开始学着制造眼镜。在明清闭关锁国时期，广东是仅有的几处尚有与西洋贸易往来的地方之一，沾染西风，较他处远胜。由于当时中国仍然没有能够制造透明光学玻璃的技术，这一时期的中国产眼镜，镜片都是由上等透明水晶磨制而成。乾隆时，英政府派马戛尔尼出使中国，在《英使谒见乾隆纪实》中留下一段当时国产眼镜的记载："中国人不少戴眼镜的，他们把眼镜捆扎在头上。他们的眼镜片是水晶做的。广州工人能用一种钢锯把水晶剌成薄片。"

由于纯度高的水晶材料罕见并价格不菲，这一时期的眼镜价格依然居高不下。但对于身居九五之尊的帝王来说，眼镜的价格则完全不是问题。清初两代帝王康熙、雍正都是日常使用眼镜的人，也常将眼镜赏赐给臣下。一次南巡时，康熙干脆把自己所佩戴的眼镜赐给了老臣宋荦，宋荦的《迎銮二纪》中载：

> 捧出录端玻璃眼镜一枚，并赐臣，云："上（指康熙帝）以备用者不佳，即上所现佩者赐尔。"皮套上用金丝绣之篆字，妆饰精绝，尤为奇珍。

又吴振棫《养吉斋余录》载：

> 康熙癸未（1703）五月，赐礼部侍郎孙岳颁水晶眼镜。时虞山蒋文肃以庶吉士直内廷，奏臣母曹年老眼昏，上亦赐之，当时以为殊荣。

其实老花镜有一定的度数，度数不合，带之无益。但眼镜既然来自御赐，是否合用已经不再重要，臣子得沾天恩雨露，已无不感激涕零了。

西洋眼镜在清代前期被广东工人"国产化"后，苏州杭州等地的工匠对镜片的材质进行了改革，于是眼镜的生产规模得以迅速扩大，眼镜的价格也逐渐低落。清

明人所绘《上元灯彩图》（局部）中，在熙熙攘攘的街头，出现了两位戴眼镜的老者。

初孙承泽称：

> 眼镜初入中国，名曰馊馊，惟一镜之贵，价准匹马。今则三五分可得，然不过山东米汁烧料。玻璃者贵矣，水晶尤贵。水晶之墨色者，贵至七八金，余值以渐而减。真读书之一助也。（《砚山斋杂记》）

"一镜之贵，价准匹马"，正和前文张靖之《方州杂录》的记载相应。"山东米汁烧料"指人工烧制的料器，旧时以山东博山所产最为著名。料器由于透明度差，难以与玻璃、水晶的价格比肩，所以一副眼镜三五分银子便可得，只是这种眼镜的清晰度很值得怀疑。清初叶梦珠作《阅世编》，里面有不少明末清初物价浮动的记载，其中有一条即是数十年间眼镜的价格走势：

> 眼镜，余幼时偶见高年者用之，亦不知其价。后闻制自西洋者最佳，每副值银四五两，以玻璃为质，象皮为干，非大力者不能致也。顺治以后其价渐贱，每副值银不过五六钱。近来，苏、杭人多制造之，遍地贩卖，人人可得。每副值银最贵者不过七八分，甚而四五分，直有二三分一副者，皆堪明目，一般用也。

技术革新带来价格的下降，奢侈品变得平民化。到乾隆时，一般士大夫购置一副眼镜，已不是难事。赵翼自己就写过一首《初用眼镜》的五言诗，甚是洋洋洒洒：

> 少年恃目力，一览数行下。能从百步外，远读屏满架。又能寸纸上，心经全写罢。因之不自惜，逞用弗使暇。萤火贮囊照，邻灯凿壁借。

倦勿交睫眠，怒或裂眦咤。岂知过则伤，索债乃不赦。年来理铅椠，
忽惊眩眵眨。欲作蝇头书，晴窗墨研麝。不敢对南荣，取光要旁迕。
恭逢廷试期，方觊一战霸。生平见敌勇，坐是临阵怕。眼光故如豆，
况复蒙绡帕。真愁雾看花，几俾昼作夜。何来两圆璧，功赛补天罅。
长绳系双耳，横桥向鼻跨。莹比壶映冰，朗胜炬燃桦。平添膜一层，
翻使障翳化。凉月净无尘，澄潭湛不泻。瞳神失所居，赁此得宅舍。
晦者摄之显，漆室变台榭。小者拓之大，蚁垤屹嵩华。空中花不存，
镜里影逾姹。遂觉虱悬轮，可以命中射。亥豕宁被讹，焉鸟漫售诈。
药堪决明蠲，刮岂金篦藉。奇哉泂巧制，曷禁频叹讶。直于人力穷，
更向天工假。相传宣德年，来自番舶驾。内府赐老臣，贵值兼金价。
所以屠公馈，鲍庵作诗谢。初本嵌玻璃，薄若纸新砑。中土递仿造，
水晶亦流亚。始识创物智，不尽出华夏。瞖余愧结习，把卷颇嗜炙。
旧时多目星，去我一帆卸。抱兹千年冰，如刀难离把。已知老渐侵，
幸有光可贳。誓将刮目待，肯舆反目骂。珮璲共结缞，诗草同祭腊。
收宜近笔床，挂岂杂弓弝。留伴炳烛余，观书味啖蔗。

诗中先说自己年轻时，仗着视力优异而不知爱护，经常疲劳用眼，结果上了年纪之后视力严重下降，甚至要影响到自己的翰林廷试。幸而有了一副眼镜——"珮璲共结缞"，可见依然是《留青日札》里提到的系带式眼镜——使自己重见光明。接着身为史学家的诗人，回顾了一番眼镜自前明宣德年间的由"番舶"传入中国的历史：早期只能由内府赏赐老臣，价格昂贵，后来中国仿造，制成水晶眼镜。老年目昏，本不堪读书，如今有了眼镜之助，自可沉溺于典籍之中，晚岁读书，如倒啖甘蔗，其境愈甘了。其中"始识创物智，不尽出华夏"二句，也显出诗人超出当时一般士人的非凡见识。

清代帝王中，康熙和雍正都是常戴眼镜的人，雍正时，宫中还特设眼镜作，专门制造眼镜，并能比较精准地把握老花镜的度数，有"四十岁眼镜""五十岁眼镜""六十岁眼镜"之分。但乾隆却是一生坚决不戴眼镜，即使到了视力下降，难以再写蝇头小楷的晚年，也依然坚决抵制眼镜，八十大寿时，还特意作诗表其志：

雍正帝读书像

> 眼镜不见古，来自洋船径。胜国一二见，今则其风盛。玻璃者过燥，水晶温其性。目或昏花者，戴之藉明映。长年人实资，翻书籍几凭。今四五十人，何亦用斯竞。一用不可舍，舍则如瞽定。我兹逮古稀，从弗此物凭。虽艰悉蝇头，原可读论孟。观袖珍逊昔，然斯亦何病。絜矩悟明四，勿倒太阿柄。（《眼镜》）

原来乾隆认为，眼镜这种东西，既然古代从来没有，古人也活得好好的，今人何必用？看不清蝇头小字，难道不能改读大字讲章的《论语》《孟子》吗？他既害怕戴上眼镜后，会变得依赖此物丢不掉。又认为凭借眼镜来提高目力，是对自然规律的违背，挑战了"太阿"的权柄。由这一点可以看出，乾隆的思想十分迂腐，在对新鲜事物的接受方面，远远不及他的祖、父。无怪乎所谓"乾隆盛世"时期，鲜花着锦烈火烹油的表象背后，是闭关锁国，离世界文明前进步伐越来越远的可悲历史。

乾隆虽一生不戴眼镜，却主持过中国文学史上最大规模的一次咏眼镜诗活动。乾隆五十六年（1791）二月，照例到了大考翰林的时候，这一次的题目，出自御笔，题为《眼镜》，韵限"他"字。此题一出，翰林公们大犯其难，因为这种应试诗，都以典雅平正，隶事深切为尚。眼镜虽已常见，却是一件时新器物，不见于经史典籍，无典故可用。再加上"他"字所属的下平五歌韵，字少且险。这样的刁钻诗题，难倒了一大片那些平素写诗专靠獭祭类书的老翰林们。

最后，一位只有二十七岁的年轻翰林阮元的诗脱颖而出：

> 引镜能明眼，玻璃拭试磨。佳名传叆叇，雅制出欧罗。窗户穿双月，临池湛一波。连环圆可解，合璧落相磋。玉鉴呈毫字，晶盘辨指螺。风中尘可障，花上雾非讹。眊瞍奚须此，重瞳不恃他。圣人原未御，目力寿征多。

前面数句，描写眼镜的由来、功能、形制，虽说当得起"体物精切""对仗工细"这样的考评，也还不出一般咏物诗的构思才力。妙就妙在诗的末尾四句："眊瞍"二句是说当今圣上乾隆不戴眼镜，因为圣人明察秋毫，自然无须眼镜的帮助。"重瞳"一词是用舜有重瞳子的典故，将乾隆比为这位三代圣君。"圣人"两句，说乾隆年老而无须眼镜，说明目力未衰，而这正是长寿之征啊！

咏眼镜的诗，却写到不戴眼镜的人，这样的构思对于一篇命题作文来说已经非常巧妙。何况末尾这一转，正中素来不戴眼镜又好大喜功的乾隆下怀？阅卷官本来把这首诗列为一等第二名，乾隆阅卷后，特意拔置第一。年轻的阮元从此赢得了乾隆的好感，后来官运亨通——而阮元对乾隆欣赏自己的眼镜诗也是满怀知遇之恩的，后来还在诗中回忆这段异遇："高宗寿八旬，目无瞹瞆照。臣赋眼镜诗，褒许得优诏。"（《临清舟中》）

老年人戴老花镜，不是像近视镜那样一刻不离，而是有需要时再戴上。康熙赐给宋荦的眼镜，是装在一个绣有金丝篆字的皮套子里。用皮套装零星小件随身物品，可能还是清代早期，满族人入关未久的风俗。后来装眼镜的，主要有眼镜匣子、眼镜盒子、眼镜荷包等类。眼镜既然普及，装眼镜的器皿也成为随身必携的物品了。《红楼梦》里戴眼镜的唯有贾母老太太，五十三回里老太太歪在榻上看戏时，"榻之上一头又设一个极轻巧洋漆描金小几，几上放着茶吊、茶碗、漱盂、洋巾之类，又有一个眼镜匣子。"

眼镜匣子、眼镜盒子都不方便随身携带，到了清代中后期，眼镜愈发普及，于是有专装眼镜的荷包。当时旗人穿长袍，腰带上必挂各种绣花"活计"，有七件头、九件头之说。男女所佩，略有差别。但其中，眼镜荷包和扇套、表套、槟榔荷包一样，是必在其中的。这种眼镜荷包，与其他"活计"一样，多为缎子所制，再加上缂丝、平金、戳纱、打子等各种精美的手工。

这些手工品，普通多是家庭中女眷的手艺。从男人所戴活计的精美与否，可看出其家中女眷的巧手妙思。活计也有市售的，

一副清代眼镜及眼镜盒

清代北京有荷包巷,专卖各种荷包。"所卖之宫样九件,压金刺绣,花样万千,当日驰誉全国。"(《旧都文物略》)"宫样"即《红楼梦》中常说的"内府出的样儿",九件中就包括眼镜荷包。

●银蒜押帘

> 消息谁传到拒霜？两行斜雁碧天长，晚秋风景倍凄凉。　银蒜押帘人寂寂，玉钗敲烛信茫茫。黄花开也近重阳。

这是清代词人纳兰性德的一首《浣溪沙》。

在词人的笔底，一种悠远的思念在这样一个清冷的秋天弥漫开去。上阕写长空中传信雁去，而伊人音讯无凭，景语皆情语，于是晚秋的风景在词人眼中也但剩凄凉。下阕中，词人的视角转入室内：在帘下，在烛前，等待是如此漫长无边。低垂的押帘银蒜，锁住了清秋的寂寞。

这样的词，是典型的婉约本色小令词风，"银蒜""玉钗"这样的词汇，又为全词添几分纳兰特有的清丽。"玉钗敲烛"是用典，而"银蒜押帘"这样的句子，却也许更多是这位相国公子相府生活的一幅写实画面。

帘是唐诗宋词中常见的意象，在文学的世界里，"帘"引起的种种想象与情感，已远远超过它在生活中的实用功能。"双燕飞来垂柳院，小阁画帘高卷"，"画栋朝飞南浦云，珠帘暮卷西山雨"，"梦

纳兰性德像

后楼台高锁,酒醒帘幕低垂"……无论或卷或垂,帘都是诗词中一道美丽的风景。它的存在,不仅让室内室外的空间构成一种既通透又遮蔽的暧昧,更暧昧了生活于此种空间里的种种目光,绵延了悠长的思绪。明人沈周《咏帘》诗,有"外面令人倍惆怅,里边容眼自分明。知无缘分难轻入,敢与杨花燕子争"之句,写的就是这种因帘而隔,因帘而思的复杂男女心绪。

帘的存在,还为庭中楼头的风景提供了另一种窥视的方式。"却下水晶帘,玲珑望秋月。"而帘下的人,卷帘的人,则成为诗词中的另一抹也许更为吸引目光的风景。唐代罗隐咏帘,就从美人的角度写:"叠影重纹映画堂,玉钩银烛共荧煌。会应得见神仙在,休下真珠十二行。"(《帘》二首其一)其实半卷或半掩的帘下看美人,于朦胧之美中更能挑动情思。

帘的质地,除了冬日的厚棉帘、毡帘外,多以轻薄为主。但既轻薄,免不了易于飞扬,起不了隔断遮蔽的效果。清代北方地区,将冬天的厚棉帘子安上重重的两截夹板,就是为了保证帘能够严丝合缝地垂下,使室内暖气不外泄。这种上了夹板的棉帘既厚且重,打起帘子是需要一定的气力的,这在富贵人家和各级衙门,都是婢妾仆役的工作。唯有清代军机处规矩严密,军机大臣入室商讨国家要事时不设仆役侍候,打帘子的活落到资历最浅的军机大臣身上,因而有"打帘子军机"之称。

这种沉重的木质夹板,显然是不适合质地轻透的丝帘、竹帘、珠帘的。它们有更为精致的配件——银蒜。

在诗词中,和帘发生关系的"银蒜"一词,有两种形制:

最常见的一种,是指银制的蒜头形的坠子,缀在帘的底部,用自身的重力保持帘的下垂平整。在宋词中,有不少吟咏这种银蒜的句子:

睡起画堂,银蒜押帘,珠幕云垂地。初雨歇,洗出碧罗天,正溶溶养花天气。

——苏轼《哨遍·春词》

词人春睡暂醒，躺在床榻上，首先映入眼中的，便是缀在垂地的珠帘底端的银蒜。它将词人的视线引向帘外，上扬至春雨初霁的碧蓝天空。

葛立方的《西江月》写的则是深秋时室内的垂帘：

清内府设色库绢本《燕寝怡情》（之九，波士顿美术馆藏），槛上的竹帘和内室的寝帐都用蒜叶状的帘钩

> 风送丹枫卷地，霜干枯苇鸣溪。兽炉重展向深闺。红入麒麟方炽。　翠箔低垂银蒜，罗帏小钉金泥。笙歌送我玉东西。谁管瑶花舞砌。

在这样一个草木凋零的季节，深闺内种种明亮浓艳的色彩——翠箔、银蒜、金泥罗帏——和室外的"霜干枯苇"形成了鲜明的对照，让人愈加留恋室内的天地。兽炉内暖烘烘炭火正红，笙歌正盛，小小的银蒜押住翠帘，将这样的温暖和欢愉留在室内。

于静室内焚香赏玩的风俗，是宋代士大夫新发现的一种生活趣味。"重帘不卷留香久"，低垂的帘幕留住室内焚香的香烟，这样的场景在宋词中被反复地书写：

> 狻猊暖、银蒜压烟霏。
>
> ——洪咨夔《风流子》

这里以银蒜代指低垂不动的帘幕，"狻猊"是狮子的别称，即葛立方词中的"红入麒麟"的"兽炉"，也即是李清照笔下"瑞脑消金兽"的"金兽"。狻猊形的香炉中，正焚烧着香料，飘散出的暖暖烟雾，被垂帘锁在室内，这在宋代词人看来，是值得低回再三的一个动人细节。

银蒜到底有多大？具体又是如何缀于帘底的？因缺乏实物资料，暂无从考证。我们只能从文字的缝隙中，窥见古人风俗的一二碎片。比如南宋蒋捷的《白苎》词："正春晴，又春冷，云低欲落。琼苞未剖，早是东风作恶。旋安排、一双银蒜镇罗幕。"可见每幅帘幕，使用的是两只银蒜。而且银蒜的顶部应有活动的挂钩之类，当骤起大风的时候，可以临时拿来挂在帘端,"镇"住在风中乱卷的轻帘。明人杨慎《词品》中有一条记载也谈到宋词中的银蒜,引上述诸词,并补充云:"银蒜,盖铸银为蒜形,以押帘也。宋元亲王纳妃,公主下降,皆有银蒜帘押几百双。"银蒜帘押以"双"为单位,正和蒋捷的词相应。而动辄"几百双"的庞大数目,也说明银蒜帘押在宋元时期的上层社会中一种应用的普遍程度。

在古代,像银蒜这种坠子,又称"帘押"或"帘压"。除了银制之外,还有其他贵重的材质,如玳瑁、犀角、珍珠等。唐朝冯贽《记事珠》:"于授幼时,以绿真珠胜为帘押。授读书,数真珠以记,日辄一遍。"珍珠本来粒小质轻,但以串珠花的办法编成花胜形的珠结,自可担任缀帘的功能。传为六朝人作的《汉武故事》有逸文云:"上(汉武帝)起神屋,以真珠为帘,玳瑁押之。"考虑到《汉武故事》原是"杂以妖妄之语"(四库馆臣语)的准小说,这种格外华贵的珍珠帘和玳瑁帘押或许是出于小说家对辞藻的刻意夸饰。而南宋张炎《浣溪沙》词:"犀押重帘水院深,柳绵扑帐昼愔愔。梦回孤蝶弄春阴",倒是很写实的一个常见的春困场景——虽然缀着犀角帘押的重帘低垂,但无处不入的柳絮还是悄悄自帘的缝隙中飘入室内,让帐中昼眠的词人感到一种清寂中的惆怅。

另一种银蒜,则指蒜叶形的银制长条帘钩,功用和坠在帘下的银蒜正好相反,是把软帘挂起的工具。北宋欧阳修写过一首颇具西昆体风味的咏物诗《帘》:

银蒜钩帘宛地垂,桂丛乌起上朝晖。柱将玳瑁雕为押,遮掩春堂碍燕归。

这首诗辞藻工致,但就物咏物,本不算佳,却可窥见宋人生活中的帘具风俗。银蒜和玳瑁帘押一起出现在这首诗中,从诗意可知,本处的"银蒜",指将帘幕挂起的帘钩,因为唯有高高钩起"宛地垂"的长帘,才能见到室外初生的朝日(桂丛乌起上朝晖)。而下两句写的是垂帘,低垂的帘幕底部缀着玳瑁做的帘押,遮掩了内室,阻断了堂外春燕返回梁上香巢的归路。"垂下帘栊,双燕归来细雨中"(欧阳修《采桑子》),这也原是宋词中常见的意境。

欧阳修诗中的玳瑁押帘,应系用《汉武故事》中的典故,"银蒜钩帘",则当是化用北周庾信《梦入堂内》诗中"幔绳金麦穗,帘钩银蒜条"之句。庾信的诗,用常见的植物来比拟室内器物,富丽中透出清新。

用银蒜缀在帘的底端的风俗,后世渐渐消失,《红楼梦》中元妃省亲前,贾府大兴土木,大观园的"软装修"清单里,有"猩猩毡帘二百挂,金丝藤红漆竹帘二百挂,黑漆竹帘二百挂,五彩线络盘花帘二百挂"(第

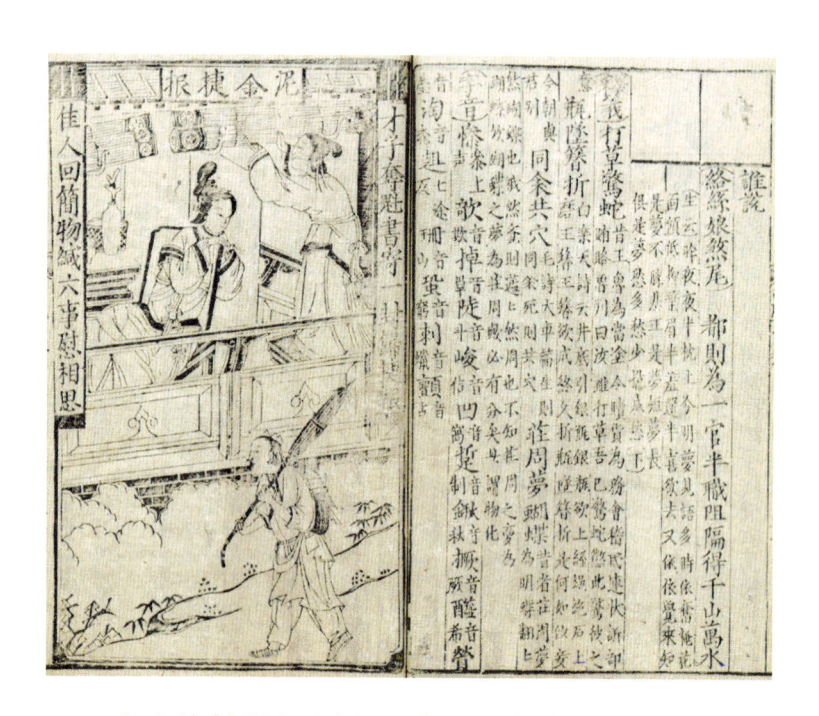

明万历刊本《重刻元本题评音释西厢记》插图,红娘正在"好好上帘钩"。

十七至十八回）等各色四季用帘，却不见杨慎所说的贾府此等品级应有的"银蒜帘押几百双"。而帘钩的使用却一直很普遍。所以后世文人咏帘钩时，也常借用"银蒜"这一典故，《二十年目睹之怪现状》的作者在小说中写过四首颇旖旎香艳的《帘钩》七律（第二十五回），其中第一首起篇便有句云：

银蒜双垂碧户中，樱桃花下约帘栊。

各种词典的"银蒜"或"帘押"条，往往引这两句诗，却忘记了诗题本来明明白白写着《帘钩》，"约帘栊"，也是把帘子挽起，才能从"碧户中"看樱桃花。其实，以蒜叶的宽窄来比拟扁而薄的金属帘钩，非常通俗形象。一直到晚近民国时期，妇女戴的素面无花的金银镯子，还有韭条镯、蒜条镯等名目。其中一种素花圆条，接头处作小圆球状的银镯子，正名为银蒜镯，这又是另一种在腕上摇曳玲琮的银蒜了。

后 记

本书写作的缘起，是在阅读古代诗文作品时对其中所涉及的名物的偏好。对于那些关于名物的文字，我经常会好奇它们在古代生活中还原成具体的事物时，到底长得什么样子？又担任着什么样的具体功能？

譬如俞文豹《吹剑续录》载宋人对柳咏词的评价："柳郎中词只合十七八女郎，执红牙板，歌'杨柳岸，晓风残月'。"这一著名语录凡是对旧文史稍有了解者人人皆知，而"红牙板"或"红牙"亦是诗词中习见的丽语。然而年轻女郎执在手中轻歌柳词的红牙板到底为何物？其形制如何？有无刻花？材质为何？如为象牙所制，又如何染色，且为何歌板只染红色而不见其他色彩？这些在阅读中生发的问题往往离文章主旨万里，却总是萦绕在我心头。而如果去检索辞书，又往往难以得到让人满意的答案。比如权威的《辞源》中对"红牙"一词的解释仅为：1. 调节乐曲节拍的拍板。多用檀木做成，色红，故名。2. 泛指檀木或象牙染红做的乐器。这样含混且矛盾的解释显然很难让人满意。

正是这样的好奇心，促使我在对一些诗文中涉及的名物发生兴趣时，进一步翻检资料，拨开历史的云烟，去深入探寻那些从前的碎片，最终形成了这一组文章。某种意义上来说，这样的写作过程宛如去沏泡一杯花茶，看那些早已干燥的花朵在杯中重新浸润，复活，纵然不能完全复原，也足以让人想象花朵当日在枝头的颜色与香气。我希望这些颜色与香气，能够尽可能贴近真实。

从第一篇动笔的《短短蒲耳——菖蒲》到最后完成的《从米芾到曹寅——砚山琐谈》，这本小书的完稿跨越了数年的时间。深深感谢编辑胡文骏兄，对我这个深度拖延症患者一直坚持着的督促和耐心，使得本书终于能在数年的时光荏苒之后问世。

同时也感谢我所工作的淮阴师范学院，让我在教学之余能够抽出时间来写作这一组"闲文"。感谢淮阴师院图书馆特藏室的侯富芳老师和样本室的周久凤老师，在写作本书时，他们给予我这位读者许多宽容与帮助。楼高风急，而净室生香，明灯如泻，让我在那里度过一段非常愉快的阅读和写作的时光。

最后，期待着来自读者的批评与指正。

侯荣荣识于江苏淮安
2018 年 6 月